梁晓声精读系列

私刑

梁晓声 \ 著

丛书策划 \ 李世跃

文化艺术出版社

图书在版编目(CIP)数据

私刑 / 梁晓声著. —北京：文化艺术出版社，2014.12
ISBN 978-7-5039-5898-4

Ⅰ.①私… Ⅱ.①梁… Ⅲ.①短篇小说—小说集
—中国—当代 Ⅳ.①I267

中国版本图书馆CIP数据核字（2014）第249294号

私　刑

著　　者	梁晓声
责任编辑	董　耘
装帧设计	顾　紫
出版发行	文化艺术出版社
地　　址	北京市东城区东四八条52号（100700）
网　　址	www.whyscbs.com
电子邮箱	whysbooks@263.net
电　　话	（010）84057666（总编室）　84057667（办公室） 　　　　　84057691—84057699（发行部）
传　　真	（010）84057660（总编室）　84057670（办公室） 　　　　　84057690（发行部）
经　　销	新华书店
印　　刷	国英印务有限公司
版　　次	2015年1月第1版
印　　次	2015年1月第1次印刷
开　　本	787毫米×1092毫米　1/32
印　　张	8.5
字　　数	135千字
书　　号	ISBN 978-7-5039-5898-4
定　　价	29.80元

版权所有，侵权必究。印装错误，随时调换。

书·作者·编辑与出版社

梁晓声

我很高兴文化艺术出版社也为我出版这套小开本的书。

自然,同时希望读者喜欢。

依我想来,书与它的作者的关系,很像厨师与自己烹饪的菜肴的关系,不必道道非得是所谓奇馐珍味,但一定要确保那是健康食品。至于用什么样式的盘子端在方的或圆的桌上,交由编辑们去考虑可也。

依我想来,书与它的读者的关系,很像公园与游人的关系。某些人之所以常去某一公园,往往因为心性欲寻一处静好的环境,于是远离浮躁,呼吸着清新的空气,思索点儿什么平日无暇思索的事情。

好书是千般百种的,但有一类书永远在好书之例,便是能通过文字洗涤人心灵的书。

我认为当今之中国人,十之八九的心灵是需要以好书来洗涤的,只不过许多人还没太明白自己很需要那样——于是反而以习惯于找乐子找刺激的眼来看待书,倘从书中看到了便大获满足,以为那才是好书。一个简单的问题乃是——在今天,您如果想找乐子找刺激,别处找去不是更能大获满足吗?

依我想来,作者与编辑与出版社的关系,如同花草树木与园丁与公园负责人的关系——作者本身是花草树木,将什么样的花草树木引入园中并将之栽培好以供游人欣赏是园丁的事,而公园负责人的使命在于使园中的植物种类多些,再多些,尽可能呈现百花齐放的局面。

归根结底,人类仍需要书,乃因书依然是有益于人心向好、社会向好的精神眷爱物。

故,为了有益于人心向好、社会向好、批判假丑恶的书的作者,内心里对真善美应具有比一般人更敏感、更诚挚的追求与奉献自觉。

而作者内心里有与没有是不难通过书来判断的。

好编辑有此眼光。

好的出版社负责人也必然有此判断水平。

目 录

私　刑 \ 1

过　户 \ 25

秀　发 \ 53

喋　血 \ 64

大　鸟 \ 125

贵　人 \ 187

/ 私　刑 /

现在，三个男人坐在了一家饭店的单间里。

饭店在这一座小城的档次，相当于北京饭店之在北京。

夜晚已经用它的黑斗篷紧紧裹抱住小城。是小城的人们开始享受各自咂呷人生的时分。就享受的基本内容而言，中国别处有多么丰富，这座小城也有多么丰富。换言之，中国别处有多么简单，在这座小城里也同样地简单。左不过就是吃喝玩乐，外加上红粉服务。这世界至今还是男人们主宰的世界，"享受"二字也多半还是一个男性化的词，女人们只不过是这个词的一条注脚。

正值炎夏。这一个夜晚一点儿风都没有。穿着少得不能再少的小女子们，或单独或结伴在热闹街道上悠荡过来悠荡过去。于是几乎凝固着的空气中充满了香脂的微味。自从张艺谋拍了一部电影叫《大红灯笼高高挂》，大江南北，长城内外，中国的大红灯笼小红灯笼挂得哪哪都是。当那些穿着少得不能再少的小女子从灯笼底下徐徐而过,她们的裸肤就被映红了,更加显得秀色可餐。于是男人们望向她们的目光顿时迷醉,没法儿不心猿意马起来。在这一个夜晚,在这一座小城,有的男人将潇洒地挥霍掉几千元,有的男人却也能仅仅用一百元就满足了生命各方面的享受愿望。五十元足可在摊上饱吃一顿夜宵,往胃里灌一大扎啤酒。

然而三个男人走入饭店时的神情竟有些与众不同。他们的表情都显得那么阴郁。甚至,还可以说给人一种表情严峻的印象。但除了大堂里的迎宾小姐,其实另外也没谁注意他们的表情怎样。他们一个三十多岁,一个四十多岁,一个五十来岁。他们穿得也都很一般,很随便。三十多岁的穿圆领背心、短裤,理的是刷子般齐的板寸头;四十多岁的穿白褂子、黑裤子,分明的已经穿在身上数日没洗了;只有五十来岁的那个穿得齐整,也不嫌热,衬衫外还穿了件单西服,一双皮鞋看去是当天刚买的,总之上下一新。但头发却有两个月没修剪了。满脸络腮胡子乱乱扎扎的。他使人怎么看怎么觉得他是农民。事实上他也确是农民。这样的一家饭店显然不是他来过的地方。他一进饭店,好奇地四下张望,并有些局促。

迎宾小姐迎向他们，抱歉地说座位已经满了，对不起，请下次惠顾之类。

三十多岁的男人冷冷地说："我们预订了单间。"

迎宾小姐不由一愣，询问了两句，怕他们是冒名顶替者似的，慎重起见地去总台那儿查预订单。

三十多岁的男人就愤愤地嘟哝："妈的，好像咱们不配到这儿来似的！"

四十多岁的男人向他使了个眼色，意思是他又何必那样。

五十来岁的男人仍局促着，自言自语地说了一句话是："我可没钱……"

迎宾小姐弄清楚了某个单间确是他们预订的，这才彻底收敛了脸上的狐疑，于是堆下职业的盈盈甜笑，引领他们上了楼。

三个男人刚一在单间坐定，服务员小姐立即接替了迎宾小姐，呈送菜谱。

四十多岁的男人恭敬地对五十来岁的男人说："大哥，你先点。"

三十多岁的男人立刻也说："大哥，你就只管拣那好菜点，千万别怕费钱。咱们埋得起单。"

五十来岁的男人点了几样家常菜。三十多岁的男人说这算点了些什么啊？吃这样家常菜还用到这种地方来？四十多岁的男人说，说得也是，于是两个各自指着百元以上的菜又点了六七样。这使五十来岁的男人不但局促，而且不安了，连说："多了多了，吃不完，浪费了可惜，二位兄弟何必呢？"

小冷盘还没上齐，也不劳服务小姐的服务，三十多岁的男人就迫不及待地斟满了三杯酒，催促另外两个男人举杯。

于是他们碰起杯来。

三十多岁的男人说："大哥，你受委屈了。"

五十来岁的男人说："这话见外了。咱们不都一样的吗？"

四十多岁的男人说："兄弟间，各自心里有数就是。干！"

于是都一饮而尽。

……

这三个男人，原本是互不相识的。三十多岁的男人，曾在小城开一家照相馆，同行里业务数第一；四十多岁的男人，曾在小城经营一家饭店，店面虽不大，生意很红火；五十来岁的男人，曾是郊区农村出了名的养兔大王，日子过得颇富裕。他们是由于同一件事结为兄弟关系的。那件事，既可以说是同样的遭遇，也可以说是同案犯。

七年前，小城乡镇企业局成立了一家公司，当然是姓"公"的有限责任公司。也当然是为了"搞活经济"，使小城的大小"公仆"们有一笔财政以外可以合理合法地自由支配的机动资金，提高提高福利待遇。那正是政府部门办公司办疯了的时期。

那时期讲的又是"借钱生钱"的手段。于是由乡镇企业局一位处长任总经理的那一公司，召集小城辖区内一概先富起来的人们开了一次会，大讲了一通公司的远大前景之后，便向众人拱手集资。动员人家自愿入股。当年一些部门明里暗里向民间集资办公司，有市里的头头脑脑高坐在台上，而且按入股算，被请去的人们，谁又能不出点儿血呢？何况，他们认为，政府的一个堂堂正正的局办的公司，有诸位头头脑脑支持着，还能赚不到钱吗？不图分红，随时撤股是没问题的吧？于是现场一下子就集了百多万。有些人表现得相当积极，报数大方。他们由于小城的头头脑脑高坐台上，难免地存讨好卖乖之念……

却也有人不愿出血，前边提到的三个男人便是。他们一听明白了，就悄悄起身离开了会场。

但是名单上列着他们的名字啊！

自愿不自愿，能由着他们吗？

于是事后有人找到他们。

"不是说自愿的吗?"

"是啊,你入了股不就是自愿的了吗?"

"我要是非不入呢?"

"你看,名誉董事长、董事们,有这么多是市里的领导。请你入股,是抬举你呀。你非不给他们点儿面子?"

对方的话语,再往下说,听起来像利诱,其实也隐含着威逼了。

三个男人当年分别听到的都是差不多的话语。

他们只得很不自愿地分别"自愿"交出了五万元了事。

但是他们又都坚决地声明——不是什么"入股",而是"借给"。都坚决地要求给他们开正规的乡镇企业局的财务借据。

在这一点上,他们有着相同的较真儿的秉性。

人家给他们开了那样的借据。只要能得到他们的钱,人家的态度是什么都好说。

……

过了半年,国务院颁布法规,限令各级政府部门与所办公司彻底脱钩。

这他们不知道。因为生活在小城里和农村的他们,并不天天关心国家又颁布了什么法规。脱了钩的那个公司，也从未通告过他们。

又过了半年，借据上写明的一年期限到了，他们分别去要钱时，那个公司没有了。"自行消亡"了。一切财物，也不知哪里去了。

他们没处要回他们的钱了。

五万元，对他们都不是一笔小数。他们也都分别遇到了经济方面的困难。有的因为生意不景气，入不敷出了；有的因为老人患癌症住院；有的因为孩子上大学。

他们较真儿的秉性被空前地刺激起来了。

然而，公司已经没有了，他们去找谁呢？找的人都不理他们。被找烦了，甚至对他们言语呕呕，如喝狗子。

当过总经理的那位处长调走了。而且，据说还高升了。

乡镇企业局的局长也调走了，据说也高升了。

一位副局长成了正局长。与调走的正局长长期貌合神离，矛盾深深。

他大发其火："再来找，门都别让进！谁放进他们来了，我对谁不客气！我这位局长，可不是专给前任揩屎的！"

正是：子系中山狼，得势便猖狂。

结果三个男人某一天,先后被阻拦在乡镇企业局的楼口。所受粗暴蛮横的对待,令他们备感屈辱。

他们就是在那种情况之下相互认识了的。

从前的中国有句话是——秀才遇见兵,有理说不清。

他们现在觉得是百姓遇到了官僚,更加地有理说不清了。简直就根本没什么说理的机会了啊!他们想,他们还不是最最普通的平头百姓,提起来还曾算是个人物!

他们岂能咽下这口气?每人那被"借"去的五万元,是他们靠诚实劳动获得的啊!他们当年之所以终于还是借给了,乃因那是市里一个局级单位热热闹闹挂牌剪彩成立的一个公司啊!回想起来,一切历历在目啊!坐在台上的市里的头头脑脑们,不是都发言祝贺了吗?

于是他们一合计,就联合成同一个"战壕"里的"战友"了。

他们便去找市里的头头脑脑们。

结果也是十次有八九次被阻拦在外。偶尔一次"突破封锁线"见着了一个,或对他们老奸巨猾地打太极拳,或鼻子不是鼻子脸不是脸地反而对他们大加训斥:"你们靠什么富起来的?还不是靠政策?政策谁给你们的？我们！怎么？出了点儿血，区区五万元，心疼啦？逼领导还债？太过分了吧！实话告诉你们，不就加起来十五万吗？不是还不起，是不能还你们！因为不能惯下你们这种忘恩负义的臭毛病！还了你们，当初那七八十人都来讨债，我们还有消停之日吗？……"

他们低声下气地强调：咱们和那七八十人不一样啊；咱们的钱，当初是被借去的啊，不是入股啊……

"什么借不借的！借也是入股！反正当初都是那么一回事儿！这一点你们当初是应该心里有数的！入股就有风险，权当你们风险投资了吧！……"

他们被训斥得一愣一愣的。

三个男人一合计，得啦，谁也别再找了。干脆，告吧！

于是他们告了乡镇企业局。

为了稳操胜券，还合出一大笔钱聘请了律师。有理，有据，有小城里名气颇大的一位律师相助；他们自信官司是一定能打赢的。

结果他们反而败诉了。

独立法人——独立经济和债务责任。

对方的律师振振有词，只援引一条法律，却仿佛站在绝对真理一边似的。

而他们的律师,却不知为什么,变得口拙舌笨语无伦次了。

他们中的一个愤而反驳,你们引的那条法律,那是指公司和公司、企业和企业,公司企业和个人之间的商业买卖过程中发生的经济纠纷!而我们没做什么交易什么买卖!我们的钱是被借去的!

那好啊,被谁借去的,找谁要去吧!

借据上盖着乡镇企业局的大印!

那是假的!

有什么证据是假的?

又有什么证据是真的?

他们觉得,他们起诉的,哪里还是些"公仆"们,简直是些无赖和流氓啊!

那天晚上,三个男人聚在一起喝酒,以解愤闷。其中一个起身去厕所,经过饭店里一单间,闻听他们聘请的律师正在里边大唱其歌。将门轻轻推开一道缝,见除了他们聘请的律师,竟还有被告方的那两位律师,还有乡镇企业局的局长,还有法官。那四个正每人搂抱着一个"小姐",不管不顾地在沙发上椅子上乱作四团。第五个"小姐"与自己们聘请的律师勾肩搭背而立,你唱一句,我唱一句。你唱时我亲你,我唱时你亲我……

于是他将两名"战友"也叫来偷窥。

另两个不看则已,一看之下,血脉贲张,怒发冲冠。

"大哥二哥,咱们被耍了呀!"

"他妈的,咱们还看个什么劲儿!"

于是三个男人发一声喊,打将入……

结果是他们被一块儿拘留了七天。七天里都吃了不少苦头。那是自然的。因为他们大打出手之前,也没考虑考虑——对方们难道是些他们可以白打的人吗?

七天后,他们着实消停了半个多月。他们谁也不找了。他们自己也得养养伤啊。于是对方们就以为,已彻底将他们摆平了。其实呢,他们也没只养伤。他们也是有朋友的啊。他们暗中进行了种种调查,于是获得了确凿的证据,证明了那个"自行消亡"了的公司,曾留下三部车和几十万元钱。三部车都以白给一般的价格,让市里三位领导的公子们买去了。几十万元作了另几位领导的出国考察经费。没有这些具体的好表现,那乡镇企业局的副局长兴许就当不上正局长。

某日,三个男人出现在小城的中心广场。他们扯开白布横幅,上书两行漆黑大字是:"欠债还钱,古之法理!""反无赖,要公道!"另有一丈多白布,将他们遭遇之事的经过和他们调查的结果,相当之详细地写了出来。是星期日,围观者众。那小城一向是没有什么外国人出现的。偏偏那日,不知从哪儿冒出几位外国男女,对他们大照其相。

这么一来,他们不但又犯法了,而且性质严重,带有政治煽动的意味了。

于是市里的头头脑脑大为震怒。他们之间,并不团结。在许多方面,勾心斗角,相互倾轧。但在这件事上,态度空前的一致,且空前的严厉。他们夸大其词地作为一次"政治事件"向上级紧急汇报了。于是上边下达了批示:依法严办,以保小城之社会稳定。

于是他们被判了刑。

他们当庭大叫冤枉,争说凡事都有前因后果。但法庭不理睬他们的抗议,向他们宣告:前因是前因,那是一案;后果是后果,另是一案。

三人中那农民,在法庭上自己主动多承担了些责任,便是主犯,被判五年。另两个,算从犯,各判三年。

他们入狱后,小城恢复往日太平。人们议论了些日子,也就将他们的事忘记不提了。太平盛世,人心就会变得漠然。这几乎是一种社会规律。正如那些"公仆"们在对待他们的态度上放弃鄙嫌,暂敛矛盾,形成了强大的联合阵营一样;三个男人在监牢中,也同仇敌忾,暗结死党。他们一块儿发了毒誓必定报复……

三年后,三十多岁和四十多岁的两个男人刑满释放了。他们似乎服了,再也不敢轻举妄动了。他们一门心思挣钱。只要不违法,干什么来钱快、来钱多,便齐心协力地干什么。都是颇谙经营之道的男人,又吃得苦、耐得劳,并且原本有些经营资本,两年下来,倒也很挣了一笔令人羡慕的钱数。他们将钱三家平分了。变卖房屋,将三家迁往别处定居去了……

前几天,"大哥"也出狱了。今天,他们算是为"大哥"接风。后半夜,还要按既定方针干正事。接不接风的,目的倒在其次。反正已是亲兄乃弟般的关系了,交心托底了,相互就没了什么计较了……

都是从生意场上过来的男人,都有半斤八两的酒量。也就都喝得很豪气。但是各自喝到了五六分,就都一口不喝了。就都将酒盅扣在桌上了。从这点看,分明的,他们又都是自控力很强的男人。

接着,他们就去洗桑拿。之后,找小姐按摩。再之后,又去嫖了一通。他们原本并没有嫖的习惯。除了"三弟"打过几次野食,"大哥"、"二哥"其实都是很正经的丈夫和父亲。

"三弟"说:"大哥、二哥,身上带的钱还剩好几百呢,咱们都放纵一把咋样?"

于是"二哥"的目光望向"大哥",态度暧昧。

"大哥"说:"你看着我干什么?"将脸转向"三弟",沉吟地反问:"怎么个放纵法呢?"

"三弟"挠挠头,不好意思地笑。

服了五年刑,"大哥"似乎变得更稳重了。

"二哥"就替"三弟"回答:"还不是那种事儿嘛!"

于是"大哥"也就明白了。

"三弟"又说:"其实我自己倒不是太想。我是觉得,大哥服了五年刑,大嫂也在五年间病死了,既然现在出狱了,我这当弟弟的就有义务……"

"大哥"表情端庄地说:"五年间,我天天盼着有面对那狗官的一天,你们不提,我头脑中早把那种事儿忘了!"

"二哥"又说:"三弟也是一份好心。"

"大哥"犹犹豫豫地问:"不能误咱们的正事儿。别忘了咱们今夜是要干那件正事儿的。"

"时间早着呢。大哥放心,一切都在我的掌握之中。"

于是"大哥"将一只手拍在"三弟"肩上:"三弟,大哥一切听你安排。"

"这就对了!"

"三弟"如愿以偿地笑了。

"二哥"也笑道："那我高兴沾大哥的光！"

于是三个男人就找地方去嫖……

嫖过后，三个男人的酒劲全部随汗消散了。他们反倒显得比没嫖之前精神抖擞了似的。

"二哥"对"大哥"说："大哥，要不，咱们改天再干那件事儿！"

"大哥"就板起了脸，不悦地问："你不想干了吧？"

"二哥"吞吞吐吐地回答："那倒不是。怎么会呢！我是考虑，大哥你刚出来，那件事儿一干，咱们三个必定又得进去。我和三弟毕竟出来两年了，对大哥，就太亏了。"

"大哥"说："谈不上亏不亏的。只要能出了我胸中憋闷了五年多的那一口恶气，再进去我也心甘情愿。"

"二哥"右拳往左掌上一擂："既然大哥这么想的，那咱们今晚就他妈的干！"

"三弟"看了一眼手表："对，今晚若不干，错过了时机以后干不成，我白策划一场了。那还不后悔一辈子？"

"大哥"说："就是。"

于是三个男人学足球场上开赛前的运动员那样，将他们的三只手叠在一起……

五年前的乡镇企业局局长，五年后还在那个位子上。他自己当然大不遂愿。五年前，只消他一句话，三个男人的钱也就还了。但如果还了，市里的头头脑脑们出国的零花钱则无法由他提供了。而他一心讨好他们，所以他不能点头还那三个男人的钱。尽管他自己也觉得不还确实有点儿耍无赖，但他认为对三个平头百姓耍一次无赖其实也没什么。如果市委书记的公子不看上那辆"本田"车就好了。那辆车也能卖个二十五六万。还那三个男人的钱绰绰有余。但问题是市委书记的公子看上那辆车了啊，非要用三万元的折旧价买了去，他有什么办法呢？一边是市委书记的公子，一边是三个平头百姓，二百五也会掂量出哪边轻哪边重啊！其实他两眼盯着的是市委秘书长的缺。乡镇企业局局长的位子，在他看来只不过是一块跳板。当上了市委秘书长，仕途就又上了一个层次，官运说不定就亨通无阻了呀。然而宦海多变数，却被粘牢在乡镇企业局局长的位子上了，似乎一辈子定格了。所以呢，他也就趁着还没退休，及时行乐起来。这一个夜晚，和那三个男人一样，他也是大吃大喝了一顿，酒足饭饱之后，就去洗桑拿，找"小姐"按摩；最后……

他带着残余的三分醉意将车开到住的楼前时，已凌晨三点,天光已有些微亮了。

他刚一下车,背后立刻有一条胳膊勒住了他脖子,紧接着一大块胶布封上了他嘴。再随即,有袋子套在他头上了。这一切突如其来地发生在几秒钟内。他还在懵懂着,就又被从后门塞入车里。两个人一左一右坐在他身旁,将他紧紧夹住。而他的双手几乎同时被麻利地捆上了……

一个声音在他耳边咬牙切齿地说:"老实点儿,不老实点儿弄死你!"

他的车就又开了……

二十几分钟后,车停在郊区的田地边。田地里有一处孤零零的塑料大棚。布袋终于从那位局长大人的头上扯了下去。他已经吓得尿了裤子,以为自己遭遇了绑票的惯犯——否则会干得那么在行吗?嘴上的胶布也被撕了下去。而且,撕得很慢很小心。仿佛他是极娇贵的战利品,损坏了一点点对方们自己得不偿失似的。车内的灯也开了,于是他看清了三个人的脸。见他们并不一个个凶神恶煞般的,他那颗怦怦乱跳的心才稍稍安定。

他说:"三位爷千万饶命。只要饶我一命,怎么都好商量行不?要钱给钱,要物给物。"

坐他右边的三十多岁的男人搗了他一拳,骂道:

"你他妈当我们什么人了？！"

在司机座上侧转着身子的四十多岁的男人平静地说："放心，我们不会弄死你的。既不是为钱，也不是为了物。"

他眨巴了几下眼睛，困惑了，不太敢相信自己的耳朵。

坐他右边的五十来岁的男人冷冷地问："你认识我们吗？"

他将三个男人的脸一一细看了一阵，摇头。

他是真认不出他们了。

于是他们一个个自报家门。

但他还是想不起他们究竟是谁。

三十多岁的男人又捣了他一拳："你他妈装什么糊涂！你忘了五年前在一家饭店的单间里被三个人打过的事儿了吗？"

经这一提醒，他才恍然大悟。

"是……你们？……"

他暗暗叫苦不迭。

"交代给我们听听吧，当年你是怎么收买了我们聘请的律师的？又是怎么收买了法官的？"

四十多岁的男人，语调依然很平静，如同在问胆小的孩子似的。

他只得从实招来。虽然极不情愿，却不敢不招。

五十来岁的男人听得最认真，且不时地嘟哝："唉，唉，你这个官啊，对我们老百姓太阴了，太阴了……"

他在逼问之下交代完了，不知怎么想的，忽然胆壮起来，竟说："你们还不放了我？你们赶快放了我，我不追究你们。不然的话，哼，叫你们吃不了兜着走！"

三个男人一时你看我，我看你。

他又说："不错，欠债是该还钱。但那也得看谁欠谁的。你们不过是三个什么人？我又代表谁？你们和我打官司，那能让你们赢了，我输了吗？我输了那等于谁输了？当年那件事，是你们自己不明智，我又有什么办法？不管打到哪一级法院，我们不愿认输，那你们就没个赢。我们的律师当年给我们吃定心丸了，中国的法律条款那是初级阶段的，法理上我们大有空子可钻呢！就现在，重打一场官司，你们也未必见得赢，你们就彻底死了心吧！快松了我手！"

他竟冷笑起来了。

于是三十多岁的男人对五十来岁的男人说："大哥，听清楚了吧？你还后悔当初没上诉！"

五十来岁的男人不禁长叹："唉，一个官这么阴，太缺德了，太缺德了。"又用一根手指点着他额头说：

"你呀,你呀,你这么个无赖的人,怎么就当上了局长呢?"

四十多岁的男人接言道:"大哥,他该交代的也交代了,咱们不跟他啰唆了。"——话题一转,拉家常似的说:"局长大人,咱们聊点儿别的吧。告诉我们,你都怕什么?"

他说他第一当然怕死。

他说他第二怕"双规"。

他说他第三怕老婆。

他回答时态度倒显得特诚实。

第四呢?

第四……他想了想,说第四怕毛毛虫。也怕菜青虫,更怕贴树虫。说见了那些丑陋的虫子,常使他头皮发麻……

他还笑了笑。

他暗想,他们跟他聊就好。聊,敌对的关系不就得以缓和了吗?等他们放了自己,看怎么收拾他们!

三十多岁的男人和四十多岁的男人彼此交换了一下眼色,也会心一笑。

于是胶布又贴在他嘴上了……

于是他们用喷雾器往他身上喷了不少气味甜丝丝的雾水。他脸面上也被喷到了一下,感觉那种雾水还有些黏似的……

于是他被推下了车，推入塑料大棚。缚在一根柱子上。

斯时天亮了。

五十来岁的男人并没下车。是"二哥"和"三弟"完成那"任务"的。他们重新回到车上，三个就都吸起烟来。

"三弟"毕竟年轻，难耐那一种各有所思的沉默，忍不住喋喋不休，说他不知询问了多少人，才知道了那局长是个最怕毛虫的人；说他为了"收集"并"养充"足够数量的毛虫啦、菜青虫啦、贴树虫啦，花了多少多少精力和心思；说他为了配制成那一种能吸引虫们往人身上爬的液体，不仅请教过有专门学问的人，而且还翻阅过专门的书籍，自己都快成半个专家了……

"二哥"不断地插话，一连地说："够那家伙受的，够那家伙受的……"

"三弟"讲完了，再也无功可摆了的时候，"大哥"总结式地开口了："三弟想的主意好。吓他一场，惩罚他一次，咱们的恶气出尽了，咱们和他们之间的事也就了结了。烟不能越吸越长，仇也不要越结越深。就是他反过来再报复我们，咱们又进去了，出来也不和他一般见识了，行不？为出口恶气，又进去了也值得的嘛!"

于是"三弟"和"二哥"都道还是"大哥"有涵养,宰相肚里能撑船。

三个掐灭烟,一时皆困,这个歪着那个蜷着的,就都睡在车里了……

待他们醒来,已经日上三竿。美好的阳光,遍洒在田地里,遍洒在塑料大棚里。

"大哥"说:"放了他吧。"

"三弟"说:"二哥你别下车了。"说完便独自去往塑料大棚里去了。

不一会儿他一个人慌慌地回到车上,脸色苍白,结结巴巴地汇报:"大哥、二哥,不……不好……了……他他他……他死了……"

另两个男人一听,顿时坐起。

"二哥"说:"你别开玩笑啊,我经不起你开这种玩笑!"

"大哥"看出"三弟"不是在开玩笑,急问:"怎么死的?怎么会死呢?!"

"有……有毛虫钻到他鼻孔里去……肯定是憋死的……"

"三弟"双手抖抖的,想吸烟,打不着火……

于是"大哥"、"二哥"下了车,三步并成两步走,也去往塑料大棚里了……

那局长大人浑身爬满了丑陋的虫们。果有两条肥虫钻在他两只鼻孔里。没完全钻进去,小半截虫尾耷在他的上唇……

那是人最丑陋的死相之一种。

两个男人心怀恐怖地退出了塑料大棚……

他们一回到车上,抓起烟盒,也都迫不及待地吸起烟来……

"三弟"泪流满面地说:"我没想到,我没想到……点子是我出的,那么我是主谋。我去自首,不连累大哥二哥……"

"大哥"强作镇定地说:"你年轻,娇妻幼子的,怎么能让你把大罪担了过去?你二哥呢,由那件事气病了,落下病根了,病病恹恹的,是再经不起牢狱之苦的。只我,老伴儿没了,孩子大了,都能自立了,也五十来岁了,还是我去自首吧。我就坦白是我一个人干的……"

又一阵长时间的沉默后,大哥问:"就这么定了吧?"

"二哥"这才开口道:"大哥、三弟,你俩刚才的话,我挺感动。证明我没白和你们兄弟一场。是狗官把咱们逼成了兄弟的。事已如此,谁都甭后悔。主谋是我，我去自首……"

"大哥"、"三弟"不禁一齐将目光望向他。

他又说："不瞒你们了，其实，我何止被那件事气得落下了病根！我是被气得，气得肝上肺上全生癌了呀！反正医生已经明明白白告诉过我了，我只能活两年了。主谋还不该是我吗？……"

"大哥"、"三弟"愕然……

半小时后，那局长的尸体，连同尸体上的虫们，被塞入了汽车后备箱。望着汽车在土路上卷起一阵沙尘，渐渐远去，"大哥"、"三弟"转身走到塑料大棚那儿，放把火将它烧了。

焰熄烬现之时，他们进行了如下简短的对话：

"如果五年前，但凡是一个多少讲点儿情理法理的人解决咱们的事，今天也不会是这种收场。"

"三个人做下的事，让他一个人去担罪名，我心里不落忍。"

"大哥，我也是。我懂你的意思。"

二人对视一眼，心照不宣地向城里走去。

/ 过 户 /

"白刀子进去，红刀子出来！……"

从进入区建委服务大厅那一秒钟起，以上两句话便盘绕在他头脑之中，像某些车辆的倒车音响。只不过，除了他自己，别人听不到的。

一个人专执一念要杀死另一个人的时候，杀人这一件可怕之事往往变得不怎么可怕了，不过就是一件非干成不可的事了。每一个伺机杀人者都想将杀人之事进行得顺利又迅速，他也如此。至于后果——那时后果一词是不存在的。

他肩挎旧的帆布书包，草绿色。80年代以前的中学男生们，几乎人人都是背着那种书包上学的。90年代以后，那种书包和"解放"牌胶鞋一起，渐渐淡出人们的视野。现在，那么一种书包已经不太容易见到。不知这个二十六七岁一心想要杀人的人，何以竟有。他那书包还没破，但结实的帆布洗薄了，褪色了，接近鸭蛋壳的颜色了。书包带的放收卡子居然还起作用，他将书包带放到了最长的程度——这么一来,书包就贴着他的右胯了。那样的高度,使他的右手可以极快地伸入书包里。他已将叫作"书包盖"的那一片布掖入书包内了,为了使右手能像伸入兜里那么方便地伸入……

其实此刻他的右手就在书包里,握着一把尖刀的柄,都握出汗了。而书包里,除了那一把尖刀,再没别的东西。尖刀连柄一尺左右,刃长足可刺穿任何一个人的心脏;只要刺得准,即使对方是一个胸肌发达的壮汉。

他非杀死不可的人不是壮汉,而是一个身材单薄的男人。与他年龄相仿,银灰色的短袖的工作服下,显然并无胸肌可言。对方不幸成为他非要伺机杀死不可的人却浑然不知,这使他达到目的之信心十足。坐在服务台内的对方,上身微微前倾,专注地看着电脑,双手置于键盘,指尖不停地点动。他的胸牌上是"8"这一数字。服务台外排着十几个人,分明的,皆嫌对方审办得太慢,但又都不敢说。甚至,连嫌慢的表情也不敢有丝毫流露,于是每个人的表情都显得凝重。

这可不是在排队办交通卡。

也不同于排队买债券。

与二手房买卖过户这一件事相比,别的什么办事排队，反倒该算是愉快的了。

"8"号负责审办的是最后一道手续。对方再盖下几次章，排队的某人便可接回多份表格、合同、公证书之类，转身去付各种税，接着去领住房产权证了。直至紫红色的产权证拿在自己手中为止，不论买房的还是卖房的，都是不敢掉以轻心的。因为不知在哪一个窗口，由于哪一方面被指出了问题，往往当天就过不成户了。而人们特别是买方的人们，全都唯恐当天办理不成。按说早一天晚一天的也不该成为什么大不了的事，但近半个月来，提高这种或那种税收的传闻日甚一日，皆怕房产尚未过户到自己名下，某个早晨一觉醒来，竟得多花不少钱。买二手房的，基本上都是刚性需求，而且不是富人。对于富人，早已没有什么再是刚性需求的东西了。刚性需求这一概念，对于穷人和半穷人的人才更确切。据说，某几种税额往上调了以后，一套建筑面积一百平方米的住房，大约要多交十来万呢！这对于他们是一个相当不好的消息，所以仿佛都在和时间赛跑。以前，这区一级的建委服务大厅，只有星期六和星期日才人多。而现在，每天都人满为患了。以至于尚未开门，一大早门前就排起了长队。开门不久，门两旁便有保安把守着了，只准出不许进。出的人多了，才一次放入几个。对于刚性需求的人们，不好的消息不仅仅是税额将往上调，还有房价继续涨，贷款利率也要恢复到以前的高位；二手房交易量于是大增，当然，建委交易服务大厅也就人多得像进行大甩卖的超市了。还有一个情况也是使人多起来的原因——一半左右的人们之间交易的是所谓经济适用房。这一半左右的人们之间的六七成人，又是在房主买房后不到五年的期限内与之进行交易的。按有关方面的规定，经济适用房五年之内不得进行交易。非进行交易不可的，就是不当交易，不当交易是不受法律保护的。那些经济适用房最初的价格才每平方米两千几百元。房主们觉得机不可失，纷纷出手。不满五年，想要正常出手也没法正常出手，于是买卖双方和中介公司达成默契，办理的是一种房产抵押手续。买卖关系变相成立，却要等到五年期满之日以后，双方再互相配合着（这一种配合主要是卖方对买方的配合）一同来到这里，将房产抵押手续转办为过户手续。又据说，凡这般以押代售，在五年期限以内进行的变相交易，审办时将会特别严格。哪怕从表格中发现微小瑕疵，都可能会被打回原形，当场宣布交易不当，予以取消那一次交易资格。虽然此种情况尚未发生一例，但买房的人们全都相信，坊间的种种说法大抵不会是空穴来风。也正因为还没发生一例，那样一些买房的人们反而更加心虚、更加恐慌，谁都怕第一例偏偏发生在自己身上，使自己成了不当交易的典型。只要房子买成了，是那么一种典型就是那么一种典型吧。现在的中国人什么没见过呀，谁还把成为那么一种典型当回事儿呢！可是一旦成了那么一种典型，刚性需求者的房子八成就买不成。因为近半年来，不管国家出什么政策，叫作"重拳"也罢，"组合拳"也罢，猴拳虎拳蛇形雕手也罢，房价非但一点儿没降下来，倒猛涨了一倍！一年半以前还七千多元一平方米的二手经济适用房，居然涨到一万四五千元一平方米了！明摆着当初买到了便宜房，哪一个买主不想赶紧过完户，早日拿到写有自己名字的房证啊！可明摆着当初卖便宜了，哪一个卖主不后悔呢？从后悔到反悔，不是最好能有个正当理由吗？还有什么别的理由，比成了不当交易的典型是更充分的理由呢？不当交易么？那么算了，我不卖了。不是我不想卖了，是这一次想卖也卖不成了呀！如此这般的反悔，买方再是个不好对付的人，那不是也干没辙吗？

所以，那些个陪着买房人来的卖房人，其心理与买房人截然相反。他们配合买房人前来办理过户手续，是碍于"诚信"二字，不得不按照合同的要求而来；其实个个都来得极不情愿。明明能卖高价的房子，只因自己当时出手太急,特便宜地就给卖了,能情愿地前来配合着办理过户手续吗?事关金钱利益,如今的中国人其实很腻歪"诚信"二字的。可不知为什么,又比以往任何一个时代的中国人都要面子。以往一些时代的中国人,尤其中国古人,一旦爱起面子来胜过爱爱人。是女人的真爱起面子来也那样。别说爱面子胜过爱爱人了,甚至胜于爱自己的生命。对于他们和她们,那真是——生命诚可贵,面子价更高;若为面子故,什么都可抛!现而今的中国人,爱面子却是爱得特虚伪特不实在的。在现而今的中国人中,其实已找不出几个真爱面子的了。有时某个当今的中国人被认为是个很爱面子的人,其实他表现得很爱面子的时候,只不过是"碍于面子"。这种时候,人其实又是特别憎恶自己的面皮的。内心里的真实想法是——人要是能活在现代的社会里,过着现代的生活,享受着一切现代性,却又全都还像原始人一样,根本没有什么面子问题不面子问题的可顾虑,那他妈的该是多么地好!

一个有观察力的人,仅从服务大厅里的人们的脸,差不多就能将一半左右的人进而又分成两部分——买房的和卖房的。买房的人都在各个窗口排队,或在伏案填表格。他们脸上,多少都有种心虚的、忐忑不安的神色。如将表格填错了甚而又填错了,他们内心里的烦躁便难以掩饰。是男人且吸烟的，往往会离开大厅，去到外边吸几口烟，待烦躁被尼古丁压下去了再进来。而排到了窗口的，原本忐忑不安的心情更加剧了，隔着铁条护栏，盯视着审办员的脸，无不显出平心静气的样子。如果审办员对他们的表格看得时间长了点儿，他们的样子就慌了。而一旦那一关审办结束，接过表格转身离开窗口时，几乎没有不如释重负出一口长气的。大抵如此。

而卖房的人，他们十之七八坐在椅上，或站在窗前望街景，有的甚至根本不愿待在大厅里，宁肯待在自己的车里。如果是在大厅里，他们很希望看到买房的人垂头丧气地走到自己跟前，那他们兴许就有反悔不卖的理由了。而坐在车里的，则暗自巴望着手机响，倘正是买房人找他们，必然因为过户手续不顺利，而那正中他们下怀……

一年半以前可不是这样。

那时房价尚未涨得如此疯狂，二手房交易市场波澜不惊，某个季度还会显得冷清。

那时，卖房的人急着将房子卖出去的心情，比买房的人急着将房子买到手的心情更为迫切。那时是卖房的人催着买房的人过户，态度良好地陪着买房人前来办手续。那时往往是他们排队，他们填表格，他们匆匆从一个窗口转移到另一个窗口,而买房的人安坐椅上,静等着必须配合一下时配合配合。总而言之,那时是卖房的人担心买房的人又相中了更便宜的房子,找到个什么借口不买自己的房子了。那时一方违约也是要补偿给另一方违约金的,但普遍的房价还不算太高,违约金的额数也高不到哪儿去。所以买房的人宁肯付一笔违约金了事,再去买下自己更中意的房子的现象时有发生。而现在,房价已经翻了两倍多,倒是当初将房子卖便宜了的人,宁肯补偿给买房的人二三十万三四十万元,使当初的合同作废,转而再卖更高的价了。比起翻了两倍多的房价,几十万违约会成一笔小数了。有的房主,一套一百多平方米的房子,付了四十万违约金,再卖掉后比当初还多获得了五六十万元呢!……

此刻,快十一点了,大厅里的人气是更加浮躁了。然而浮躁仅仅呈现在排队的人们的脸上;铁条护栏内,坐在每一个窗口那儿的审办员们,一如既往地不慌不忙。他们都有点懒怠了。有的人,也饿了。

一心想在今天杀人的人,端坐在一张长椅的左端,书包放在膝上。那一张长椅上坐满了人,挨着他的是个四十多岁的女人,身材还保持得挺好。也将小拎包放在膝上,往后靠着,打手机。

她说:"都他妈怨你!我不急着卖,你偏撺掇我卖!早签了一年合同,我亏多了,让一个非亲非故的人捡了大便宜!别跟我说那些,反正我心里不痛快!你从中得好处没有我怎么知道!对不起,手机快没电了……"

她"啪"地合上手机,低声骂了一句:"白眼狼!"接着,转脸瞪他一眼,冷冷地问:"你不嫌挤?"

他明白她的意思是反感他坐在旁边,也转脸瞪着她,语调比她更冷地说:"不嫌挤。"

他只有大半个屁股坐在椅上,坐得一点儿也不舒服。但他看得出来,只要自己往起一站,那女人便会立刻将他坐过的地方也占据了,为的是能坐得宽宽松松。他环视大厅,除了他现在坐的长椅一角,再没有他可以一坐的地方了,连每一处窗台上都一个挨一个地坐着人了。他不愿往起站。大厅里要么是排着队的人,要么是弯腰伏案填表格的人、打手机的人、两两说话的人、匆匆从一个窗口走向另一个窗口的人;总之没有独自待在哪儿的人。他认为如果自己呆站在哪儿,说不定不一会儿就将引起巡视保安的注意——两名手提电棍的保安,一直在大厅里东张西望地来回溜达。

他要杀人。

所以不可在杀人之前引起任何人注意,尤其不可引起那两名保安的注意。

他明白这一点。

他要求自己必须稳坐在那儿。

然而那女人似乎不达目的誓不罢休。她暗中使劲儿,往旁边挤他,仿佛他不主动站起来走,那么她就要把他挤得一屁股跌坐于地才称心如意。

这令他极为光火。

他也暗中运劲儿,发挥一种类似泰山功的能力,牢牢坐定,偏要与那女人一决雄雌。忽然他想到一句话——"领土问题是没得谈的。"于是打鼻孔里轻蔑地哼出了一声,同时将后背与椅背靠得更紧。

那女人却将双脚朝后一缩,随之向他这边一探,结果她的双脚连同半截小腿就偏在他双腿的下边了。

她说:"你压着我的腿呢!"

他说:"是你非要往我这边插一腿。没你这么坐的,你在进行性滋扰。"

他把话说得不紧不慢,语气也很平静,心说看你这狗女人还有什么招?

那女人猛地将身子一侧,以一根手指一下下点着他的脸开骂了:"小兔崽子,你说什么呢你!你妈差不多也就我这岁数,你倒说我性滋扰?我怎么就滋了你了扰了你了?啊?你说你说!明明是你在耍流氓,用你的腿紧压着我的腿！……"

坐在那女人另一边的男人，前俯着身子扭头看他；四面八方远远近近，不少人的目光望向了这里。

显然的，那女人是个惯于耍泼的主儿。

由于那女人涂了猩红色指甲油的肥白的手指有几次点到了他的脸上，更由于那女人扯到了他妈，使他顿时怒从心头起，恶向胆边生。

他母亲三个月前去世了，因为他买二手房没买成。

"我看你小兔崽子就不是个好东西！你流氓流氓流氓！……"

女人的指又点到他脸上两次。

而他的右手伸入了书包，握住了尖刀的柄。他朝最后一个窗口望了一眼，那儿仍排着五六个人。他没望到自己非要杀死不可的8号审办员，但是强烈的杀人恶念快令他失控了。他复转脸瞪着那女人，两眼投射出森森杀气。二人挨得太近了，他几乎是脸对脸地瞪着她。

"你想干什么你！……"

那女人一说完，自己反倒出于防范的本能一下子站了起来。

而他，这时才动了动身子，大模大样地占据了那女人坐过的一部分椅面。他用左手拍了拍剩余的椅面，向那个男人点了点头,意思是让对方也坐得宽松些。

那男人装作没看到他的表示,没动。

他又瞪着那女人,小声然而恶狠狠地说:"滚,再不滚我杀了你。"

那女人看着他的书包,徒张了一下嘴,没敢再说什么。

两名保安一起朝这里走来。

有一个姑娘和一个小伙子先于两名保安走到了这里。他俩手牵手,看着是一对小爱人。

小伙子对那女人说:"都办完了,现在该去领房证了。"

那女人迁怒地冲小伙子嚷嚷:"那房子就已经是你们的了,领房证还非得我陪着呀?嫌耽误我的时间太少是不是?……"

姑娘赔笑道:"不是的。领房证必须您也在场,还要看您的身份证。"

房证毕竟还没到手,那姑娘的话不无央求的意味。

"妈的,吃了大亏还得搭上时间!要不是冲中间人的面子,我才不干呢!哪儿领?……"

小伙子举手一指:"那儿。"

那女人撇下他俩,径自而去。

一对小爱人互相看着,都苦笑了。虽然是苦笑,但苦中却并非完全没有幸运的意味。简直还可以说，笑得又苦又幸福。

他俩手牵手也快快地走了。

两名保安驻足不前了。一名保安踱到门口，只许人出，不许人进了。另一名保安大声宣布："上午的办理结束了，结束了，大家不要再排了，下午两点接着办理吧！……"

于是引起一片不满之声。

那张长椅上，男人终于向他这边挪了挪身子，忍不住似的问："买房还是卖房？"

他的手已从书包里抽了出来，不停地伸屈五指。刚才握住刀柄时太用力，五指有点儿僵了。最后那个小窗口挂出了写着"午休"二字的小牌，"8号"审办员站了起来，背对窗口，双手叉腰，在活动头颈。

他望着六七米外的那"8号"审办员，心中的杀念重新凝聚，根本没听到坐在身旁的男人对他说的话。他很庆幸自己刚才克制住了杀机，也替那个不好惹的女人感到庆幸。毕竟，他一心想要杀死的是"8号"，而不是别的任何人。

"8号"朝窗口转过身了，见窗口外还有一位六十多岁的老先生守在那儿，歉意地向对方指指牌子。

老先生恳求："我下午还得给学生上课，明天后天一连几天都有课,能不能……我不骗您,否则我就得一直等到双休日再来办了……"

他认为那老先生真是痴心妄想啊!午休牌子已经挂着了,那些恳求的话岂不等于白说嘛!

不料"8号"犹豫一下,竟伸出手道:"先让我看看你的表格……"

老先生赶紧将一沓表格从铁栏杆之间塞入。"8号"接过,一页页看了会儿,对老先生说:"照顾你。快去发证那儿等着,请审办员先别走,说我五分钟后亲自把你的表格送过去……"

由于大厅里那会儿人少了,安静了;也许由于"8号"怕老先生耳背,提高了声音,总之"8号"说的话,他全听到了。没听到犹可,一听之下,他的杀念更强烈了。

老先生离开窗口,朝发证的服务台那儿一溜小跑。

而"8号"将坐未坐之际,朝他这儿望了一眼。他坐的长椅,与那窗口正对着。他是为了观察"8号",所以才坐在这一张长椅上的。"8号"的目光与他的目光对视住了。在"8号",那是件不期然的事;在他,是一直希望着的事。是的,他希望在杀死对方前,使对方有机会看清他的脸。否则,他觉得对于"8号"太不公平了,而自己杀人也杀得太不道德了。"小子,你能回忆起来我是谁吧?"——他正这么想着,"8号"已坐了下去。分明,"8号"对他是谁不感兴趣。二人之间的对视只不过才几秒钟,并没促进"8号"回忆他。那会儿长椅上只坐着他和那个跟他说过一句话的男人了,也许这一点使"8号"觉得奇怪罢了。所有的窗口都已经停止办理业务了,两个男人居然还稳稳当当地坐在一张长椅上,那也就难怪"8号"会觉得奇怪。不过"8号"一坐下去,注意力立即集中于电脑了,这又使他觉得那几秒钟的对视挺索然的。

"白刀子进去,红刀子出来!……"

如同电脑程序在向机器人输送指令,他浑身上下血流加快,右手又伸入书包里了。

他妈的这种地方的服务台上方安装铁栏杆干什么呢?他心里骂了一句。如果没有铁栏杆,他有把握马上就能走过去杀死对方。他是个身高将近一米八的人,而对方的身高不过一米七左右。径直走过去,隔着服务台,左手揪住对方衣领,右手猛捅对方几刀,最后再在对方脖子上横割一刀……

"你买房还是卖房?……"

他缓缓朝身旁的男人转过脸,不怎么情愿地回答了一个字:"买。"

"早买的?"

"对。"

"那你合适了。我们上个月才买。再贵也得买啊。儿子结婚,不买怎么办呢?那么多表格,也不会填。儿子工作忙,又抽不出时间来办,只得由我和他妈来办。我们一咬牙,又花三千多元请中介公司的人代办……唉,现在这房价,幸亏一家只一个儿女了,要像从前年代一家几个,还不把做父母的愁死啊!……"

那男人也不管他爱听不爱听,喋喋不休地一味倾诉。他不爱听。这时候谁跟他说什么他都不爱听。马上就要杀人的人都不想说话,也不想听别人对自己说什么。

他又将目光望向铁栏杆后边的"8号"了……

"才八十几平米,还在市边角,我们两口子一辈子的积蓄都努上了,才刚够交首付。唉,一想到得还一大笔贷款,上吊的心都有……"

他更不爱听了。

上吊他也想过,现在却只想杀人。

幸而那男人的妻子走来了,手拿着房证,喜盈盈地对他说:"看,办到手了。"

男人问:"那两个呢?"

他妻子说:"人家还等着和咱们一起走啊?一点清我给的钱就先走了……"

"你还笑成那样!有什么值得高兴的!以后的日子不过了?"

那男人嘟嘟囔囔地站起来,走了两步还回头对他说了句:"再见。"

于是长椅上只坐着他自己了。

一年半以前,他经由中介公司买了一套二手的经济适用房。一百二十几平方米,当时才六千多元一平方米。没超过五年的居住期,当时只能以房产抵押的方式先买下。大学毕业后,他一直漂在北京。工作倒还比较稳定,但收入不高。在北京没有属于自己的房子,那也就还是等于漂在北京。他向父母发誓,成为有房子的北京人这一目标,他永远都不会放弃。他家在小县城。父母和他这个儿子的想法完全一致。他们也发誓,砸锅卖铁非帮助儿子实现目标不可。他自己工作后是没攒下多少钱的。到决定买那套房子的时候,卡上才存有五六千元。首付完全是父母出的。父母开了间小杂货店,他们自信每月替儿子还上两千元贷款没什么问题。为了凑足首付,父母还将他们住的一套两居室卖了,双双夹着行李卷住到了小店里。而他呢,一宣布自己将有房子了,对象也很快处成了。后来,房价就疯了似的往上涨,他和父母那个高兴啊!由每平方米六千多元而七千多元八千多元九千多元……当房价涨到每平方米一万两千多元时,他由高兴而不安了——房证还没过户到自己名下。当房价涨到每平方米一万六以上时,白天他忧心忡忡,晚上他开始失眠了。后半夜好不容易睡着一会儿,又往往从不好的梦中惊醒——梦见房主反悔了,宁肯按合同上的协议赔偿给他二十万元违约金那也要解除合同……

但那种糟糕的事并没发生。

终于在精神的水深火热之境中熬到了可以过户的月份——刚过期限一天,第二天他就请了假,强烈要求中介公司的人配合办理过户手续。中介公司的配合态度极为良好,派出的是最有经验的办理员。房主的态度也极为良好,提前按约定时间等在这区建委的房产交易服务大厅门前了。办理的过程,也可以说一关一关超乎想象地顺利……

但是到了"8号"这一窗口,问题猝不及防地出现了。

"8号"指着说哪一页表格上的一处什么加密条形码在他的电脑上反映得不清。

而过了"8号"那一关,接着就该交各种税款了。交完税款,就可以领到过户后变更了姓名的崭新房证了。

但那"8号"对他们"举起了红牌"。

亏中介公司的办理员和"8号"还算熟悉,他说:"让我看看,怎么看不清了?"

"8号"就将电脑屏幕转向了他。他隔着铁栏杆看了看,争取地说:"我看挺清楚的啊。"

"8号"说:"你觉得挺清楚不行,我觉得清楚才行。"

房主也从旁说:"同志,通融通融,给个面子,别太认真嘛。"

"8号"说:"不认真我不失职了吗?认真是对你们双方负责任。买卖房产不是小事,我还是认真才对。"

房主又说:"可我明天就出国了,一出去两三年内不回来……"

"8号"说:"那没关系,你留下委托书委托别人配合办理一下,再来时直接到这个窗口不用排队了。"又对中介公司的人说:"你回公司检查检查你们的电脑有没有什么问题……"

他则只有站在一旁干着急,却插不上嘴。

而"8号"却已示意下一位递交表格了……

三人走到旁边时,中介公司那位骂了一句:"扯他妈淡!我们公司的电脑全新换的,今天也不知道那小子哪儿不顺气了,没见过这么能找碴儿的!"

房主却很过意不去地对他说:"兄弟,实在抱歉,我明天是非出国不可的,上午的飞机。我保证指定一个受托人配合你过户,你放心好了。"

他有什么可说的呢?

实在也没什么可说的。

然而那一天只不过是他开始倒霉的第一天。

第二天他又向单位请了假,可中介公司方面却说,按照房主留下的手机号码,一直联系不上那受托人。不是关机就是不在服务区,或通了也不接。

十几天都是这么一种不好的情况。

那十几天内他瘦了三四斤。

半个月后中介公司通知他去一次。一位副经理亲自接待的他,特遗憾地向他出示了房主的委托书,其上写着一切由受托人根据情况全权代理……

他说:"那还不赶快让受托人配合着过户?你们倒是拖个什么劲啊?"

副经理说,受托人不想见他。受托人代表房主毁约了,宁愿赔偿给他二十万元违约金……

他顿时呆如木鸡。

多少个受煎熬的日日夜夜,他担心的就是这么一种情况发生,果然发生了。

"你看,合同上写着,双方不论哪一方违约,都须向对方赔偿二十万元违约金。记得写上这一条时,你一点儿异议都没有,对不对?……"

副经理指点着合同副本提醒他。

他当时是毫无异议。

他当时想不到房价会涨得那么快,涨到现在这么高;自然也就想不到还真有房主违约这种事让自己摊上了。他当时认为,那不过是依照惯例象征性的一条……

"可……半个月前那一天,在建委交易服务厅外边,房主明明跟我说受托人会积极配合我过户,让我放心好了……"

他良久才又能说出话来。

"是啊是啊,他说那话我也听到了……"

人家副经理一脸正义。同时也一脸的爱莫能助。人家告诉他,房主已在国外,联系不上了,换手机了,地址不详。他只有两种选择——要么接受现实,也就是接受退款及二十万元违约补偿金;要么依靠法律解决,起诉房主,一并起诉中介公司,公司也只能认了……

人家后边的话说得特无辜,也特悲壮。

他坚定不移地做出了第二种选择……

却没有任何一家律师事务所肯接他的案子。听他陈述了来龙去脉以后,都说再有经验的律师那也没法替他打赢官司。第一,早有规定,经济适用房未满五年居住期是不得交易的。采取以押代售的方式是不良交易,双方利益都不受法律保护的,法院完全可以不受理。第二,即使运用关系使法院受理了,那也只能争取到一个全额退款及获得二十万元违约补偿金的结局,还不是跟不打官司一样?

他便只有悻悻作罢。

如果不是发生了后边的一些事,其实他也不能算是倒了多大的霉。因为在中介公司的调解下,那受托人居然连当时的中介费和买房款的利息也补偿给了他。简直可以说做到了"买卖不成仁义在"。

但有时候,对于有的人,不好之事一旦发生,倒霉结果便接二连三。

一向叫他"大宝贝"的对象分手没商量地和他"拜拜"了。

他母亲得知房子没买成对象也吹了,一急之下中风瘫痪了。

二十万赔偿金花光了还又花了十几万,到了也没治好母亲的病:两个月后老人家过世了。

他父亲倒还算省悟得及时,想赶紧用剩下的钱再买一套住房,可连县城里的房价也疯涨了,当初卖了两居室的钱,只够买到一居室了……

他自己也大病一场。病后前思后想,认为不能就这么拉倒了,总得有人对他的倒霉负责任。

一钻牛角尖,他想,觉得最该负责的人,正是那个"8号"。

如果不是因为那个"8号"那一天成心找碴,当天也就过完户了,后来的倒霉事也就都不会发生了。

使"8号"也赔偿他一笔钱那是肯定不可能的。本该已经住上九十来万买的后来价值二百来万的房子,却落了个鸡飞蛋打,谅那"8号"也赔不起!还有他母亲的死呢!那"8号"能赔他一个亲妈吗?

那么,他就只有让"8号"拿命来赔了。撇开多大一笔钱不论,他妈可是因为房子的事儿死的,他对象可是因为房子没了与他吹的!

难道拿命来赔还冤枉了那"8号"不成?

给他来个"白刀子进去,红刀子出来!……"

他已又来过这里几次了,掌握了"8号"的午休规律——对方吃午饭前,会绕出到大厅里,站在最左边的窗前,推开扇窗,望着街景悠然地吸完一支烟……

那正是下手的良机。

从旁悄悄接近,朝对方肋下猛捅几刀,要刀尖斜着往上捅……

"白刀子进去,红刀子出来!……"

他又环视大厅,见大厅里只有二十几个人了,分散在各个窗口前,是些宁肯不出去找地方吃午饭也要下午早点办完手续的人。多是40岁以上的男女,仅有几个年轻人的身影。而大厅的门,已从内锁上了。两名保安已不在了。服务台里边,铁栏杆后,只剩"8号"一个还没去吃饭,站在他的办公桌那儿,扭腰、甩胳膊、晃动头。估计,过会儿就该绕出来吸烟了……

唯恐"8号"发现他在瞪视,他低下了头。

"白刀子进去,红刀子出来!……"

他忽听有人对他"哎"了一声,循声扭头,见他坐过的那张长椅上,不知何时坐下了一位大婶。

大婶说:"你看那位同志是不是有话跟你说啊?"

他顺她手指的方向一看,见"8号"在铁栏杆后朝他招手。

他犹豫一下,右手伸入书包,起身走了过去。

隔着亮晶晶的铁条,"8号"回忆地注视着他说:"我觉得你挺面熟。啊,想起来了,两个多月前,你们的过户手续在我这儿没通过,对吧?"

他竟不由自主地点了一下头。在书包里的右手,紧握刀柄,恨不得隔铁条给对方一刀。

"你是买方?"

他竟又点了一下头。

"怎么还不和房主来过户啊？赶紧办啊！"

"8号"倒显得不解了。

他搪塞："房主一直忙。"

"那你今天自己来干什么？"

"我……先自己来看看，这几天办手续的人多不多……想人少的时候来……"

"别渗着了呀！赶紧约上房主来过户！过完户不就了了一档子人事了么？哪天人也不少，听我的，赶紧办啊！据我所知，有那房主因为起先卖便宜了，反悔的不少。摊上那种事，多窝心啊！……"

"8号"十分友善地告诫他。

他说："谢谢。"

连自己也想不明白，怎么会说出"谢谢"二字来。

"8号"一笑："谢什么啊！我心里一直惦记着你们过户的事儿，你要真拖出个不好的结果，不成我的罪过了？那你肯定恨死我了，对吧？……"

他说："那不至于。"

竟也笑了一下。

他自己对自己困惑起来。在书包里的右手，不那么紧地握着刀把了。

突然间，大厅一侧响起了一个女人的尖叫。他猛转身看，见一个矮胖的车轴汉子，赤裸着上身追一个女人。那汉子的胸膛用塑胶条贴住了一管管炸药；手中，握着引爆器。女人被追得在厅里东奔西窜，汉子一边追一边吼："叫你们买！叫你们卖！叫你们炒！炸死你们！炸死你们！……"

被追的女人本能地往人们跟前跑，人们本能地四散逃避……

"八号"朝女人喊："快躲进来！"

那女人倒还机灵，明白了"8号"是让她跑入服务台里边去，可她惊慌失措之下，一时看不到门在哪儿。

他却看到了门在哪儿，几步跨过去，将门推开了。那女人刚巧逃至，被他推入了门里。他也本想躲进门去的，不料那女人一进门，将门插上了。那汉子也紧追到了门前，也就是追到了他跟前。

他也一时乱了方寸，完全呆住。

汉子瞪着他喝问："不怕死？"

他低声说："怕。"

汉子又喝问："买房的还是卖房的？"

他诚实地回答："买房的。"

"买房的滚一边去，饶你不死！"

汉子说罢，踢了他一脚。

他心惊胆战地躲到一边去了。

汉子转而去威吓别的人，像撵鸡似的，将人们威逼得四处抱头鼠窜。

汉子则开心地哈哈大笑,同时高唱:

> 马克思主义的道理,
> 千条万绪,
> 归根结底就是一句话:
> 造反有理!

还唱:

> 要是革命你就站过来,
> 要是不革命,
> 就滚你妈的蛋!

他也本能地往人堆里躲,也被撵得四处抱头鼠窜。

突然那汉子被一个人从背后扑倒了——他看得分明,是"8号"!但"8号"的体格哪里比得上那车轴汉子强壮,非但没有制服那汉子,反而被那汉子一滚之后就骑在了身上……

汉子一手扼"8号"的脖子,一手举引爆器,吼问:"要死要活?要死要活?说!我唱得好听不好听?比歌星们唱的怎么样?……"

他奔将过去,也一扑,将汉子从"8号"身上扑倒,压住;同时咬汉子手腕,使汉子那只握引爆器的手松开了……

第二天的好几家报纸对此事进行了这样的报道:

> 昨一精神病患者混入房产交易大厅,裸露上身并缚假炸药,使众人惊恐万状。一名审办员与一位不愿留下姓名的勇敢者,齐心协力制服疯汉,过程险恶如电影。现场发现尖刀一把,疑为疯汉所携。所幸疯汉被及时制服,未造成流血伤亡。有关方面正通过中介公司寻找那位勇敢者,将与同样勇敢的审办员一起受到表彰。
>
> 又,精神病专家预言,房价继续高涨不降,中国之精神病人将有可能增多……

/ 秀 发 /

现在,许多人都知道,"原始资本"指的是怎样的一种资本了。股民们,尤其青睐"原始股"。因为一旦上市,即有大幅增值的可能。

许多人也都知道,在人世间这个大股市上,几乎谁都持有自己的原始股,或曰自己的原始资本。比如发明者的原始股是专利;求职青年的原始股是学历;官的原始股是背景;吏的原始股是后台;知识分子的原始股是智商;打工仔的原始股是力气等等,不一而足。一言以蔽之,男人的原始股很芜杂。有将无赖天性直接发挥了成为痞子的,还有将邪恶欲孤注一掷等做流氓歹徒的。但女人的原始股,古今中外却一直单纯着,那就是她们的容貌。虽然人世间只有男女两性,虽然世界大体上仍由男人主宰着,女人的性别优势却每每强大于男人。而恰恰的,这正是由于世界大体上仍由男人主宰着的缘故。

"穷人家的漂亮女儿是他们和她们自己的原始股。"

所以肖伯纳这句话才流传为名言。

还有一位西方名人的话更精辟,他说:"对于男人们主宰着的世界,一位美丽的女郎通常抵得上一支善战的军队,或价值一座城堡。只要她同时够幸运,她摇身一变成了它的女主人。"

……

对于嫚来说,却没有什么原始股可言的。

嫚是文学硕士。母校是北京扳着五指数得到的重点大学。她高考那一年,本是可以顺利地被北大录取的。她对自己的高考成绩未免太保守了,没敢报北大。

毕业后,嫚在北京没找到能替她解决户口的单位。她很在乎有没有北京户口。她不无自知之明。像当年不敢报北大一样,更不敢做轻视户口问题的"京漂女"。当然,她也绝不打算回到家乡那个落后的省份去谋职。觉得那样,似乎特亏。何况,北京的人生机会,毕竟比家乡那个落后的省份多得多啊!

于是她只有考研。以相当优异的成绩考上了。尽管已经有了研究生学历,但要在北京谋得一份既稳定收入又较高的职业,并且还要由此而获得到北京户口的话,那也须最大限度地豁出自尊,无数次地碰壁再碰壁……

终于,她被北京某县重点中学录用了。户口问题随之迎刃而解。遗憾的是,非是北京的;而是——乡镇的。

但她凭了这一点,毕竟可以在信中告诉母亲,并经由母亲之口告诉全村的人们——我已经在北京落稳脚跟了。在那一所重点中学的附近,有一片新开发的房地产。广告中说,离天安门广场只有不到一小时的车程。连一些老北京人,也图那儿房价便宜,举家迁至。所以她并不认为自己在信中对母亲撒了谎。这种认为包含有自我安慰的成分……

嫚在北京的谋职过程像一篇读来使人备感惆怅的散文。不,不对。其实更像是一连串小品的剪辑。一连串传达屈辱意味的小品。这不是由于她的头脑,而是由于她的容貌。无论男人还是女人,无论谁对人的容貌持怎样宽大的评价标准,都会得出这样一个结论——她不好看。不是不够好看,而是——除了她的头发,她压根儿就再没什么好看之点。对花季的女孩儿来说,这该是多么大的不幸不言自明。

嫚在入大学之前没太意识到这一点。她是在初中生高中生时学习成绩一直在全校独占鳌头。在老师眼里她是出类拔萃的。在同学心中她是无法比肩的。似乎,她在人生的前程和自信两方面,拥有确定的美丽。女子的容貌这一种人世间最古老的原始股,在偏远落后的农村这一个交易所里,再"牛气冲天"也并不意味着能飙升到哪儿去。正如世无丑男这一男人们的定律一样,俊女在农村吃香的程度是有限的。所以嫚入了大学以后,才渐渐地、心口暗痛地明白了她的容貌实在是自己的一个问题;一种缺点,一种自己想改也改不了的缺点;更是一种不幸,一种注定了将会深刻地影响自己人生诸方面诸追求的不幸。及至毕业了,在北京疲于奔命地到处谋职而又到处受挫,才进一步意识到,那不幸比自己预估的要大得多。在万头攒动的人才市场,有某公司的一位女工作人员看了她的档案,连道:"可惜了,可惜了!"又不无恻隐地对身后的一个男人悄语:"张总不是嘱咐替他物色一名学中文的女秘书吗?"而那男人瞄了她一眼,将那女人扯到一旁警告似的说:"你可别没事儿找事儿惹张总生气啊,他饶不了你的!"——结果那女人再坐下时,面对着她充满希冀的目光态度便暧昧起来。虽然人家安慰地将她的一份求职材料留下了,但是她却一次也没打电话询问过。她猜到了对方将怎样回答她。她有自知之明。

　　嫚的考研,委实的有些迫不得已败走麦城的意味儿——她是刚一迈出校门,就立刻从社会撤退回了校园。

嫚在那一所重点中学任教一年后,已是27岁的大姑娘了。有一天她交了辞职报告。她的辞职也是那么的迫不得已。因为她怀孕了。使她怀孕的是本校的体育老师。当她试探地和他商谈婚事,他显得大为吃惊。仿佛她在问他共饮一瓶毒药之事。于是她以自己怀孕了相威胁。对方翻脸了,冷笑道:"那你四处公开吧。就你这副尊容,有哪一丁点儿能使男人稍微动一下心的?所有的人都会一致地认为,不定你运用什么卑劣的手段和方式诱惑了我呢!"

那不是事实。

然而嫚觉得他的话说得极为正确。

她只有辞职。

做了一次流产的嫚遂成"京漂女"。拥有北京乡镇户口的"京漂女"。嫚以前对中国的"改革开放"之伟大性别提多么地缺乏认识了。因为家乡离那伟大性太远了。它的昨天和今天之间最大的变化无非是——青壮年男女每年都卷入到民工潮中去了,全村几乎只剩下老弱病残了。嫚做了一次人工流产后,对那伟大性的认识一下子提高了一大截。离开手术室时她想,若在从前,她的人生完了。而现在,除了自己和那个给她刮过宫的男医生,再没谁知道,在北京,在芸芸众生中,有一个叫嫚的27岁的女子做了一次流产……

嫚在一家报社当了两个月的记者。她的自知之明又一次暗示她,还是不再当下去的好。因为显然的,她的容貌妨碍她成为一名好记者。有次她正采访着一位半红不紫的姓梁的作家,另一名细眉俊眼皮肤白皙的女记者插进来也采访,于是那姓梁的作家索性转过身去,只与她的同行侃侃而谈,而将她彻底冷落一旁了。正所谓"后来者居上"……

她还当过几天房地产营销员,当过几天人寿保险推销员。都只当了几天。没法儿当得比几天长些。北京的红颜市场很大,似乎永远地供不应求。她虽然在性别上也是女,但不是红颜,所以那市场再大也没她的立足之地。

不幸中的万幸是,嫚有一头天生的秀发。母亲遗传给她的。那是多好的一头秀发啊!它们黑而柔密,盘在头顶像乌云,散披在肩像瀑布。那是她全身上下唯一的真美。

她认识了形形色色漂在北京混在北京的男女。从十七八岁到四十余岁年龄不等。他们和她们一直期待着好命运。命运却又都不怎么好。在那些人之间,几乎只有在那些人之间,她的心理才能比较平衡。因为她毕竟有北京的乡镇户口,而那些人没有。所以嫚倒挺愿意与那些人来往的。

有天那些人中一个比她小两岁的女孩子撩着她的秀发,赞美又羡慕地说:"嫚姐,你有多好的头发啊!我知道一家美发店要找头发好的女人做广告,你不去碰碰运气?"

于是嫚去了。

人家说:"头发倒是真不错!……"

于是几天后,嫚上了广告画页了。不过不是正面形象。人家需要的只是她的秀发。

她为此得到了三千元。

她从未那么简单那么轻易地得到过三千元钱。

她终于发现了原来自己也竟拥有一份原始资本!她决定将自己的一头秀发变成自己的原始股。而且要相机上市。而且要不断升值。推销是一门艺术。她毕竟是硕士,渐谙此道。于是她的通讯录上,用户的电话号码渐多。有小广告公司的电话号码,有影视制片人的电话号码。她那一头秀发的颜色和长短也在经常地变化着。总之用户需要她的秀发是哪一种颜色的,她便任由别人将自己的秀发染成哪一种颜色,如同资本流向有增长点的地方。有个上午她的头发刚被咔嚓咔嚓剪得像男人的平头一样短,BP机响了。传呼她的人向她报信息——另一个摄制组急需一名长一头秀发的女子补拍几个背影镜头,出价高过她已拿到的钱的一倍多。她连连顿足,懊悔莫及。放下电话她急迫地向别人要了一支烟。从那一天开始她吸烟了……

反正我的头发还会长起来的!我的头皮就是我永远拥有地契的土地,我的原始资本像韭菜!——她只有这么安慰自己。

她的收入渐多起来。她租住的房间由小而大。由平房而楼房。由郊区而市内。她每月寄给父母的钱数也由从前的二三百而四五百了。她出门舍得钱打的了。秀发拉动了她整个人的经济活力。而且朝着可持续性发展。她已经开始出现在影视剧里了。先是一两个镜头的群众演员——因为她的头发长,可盘成各种各样稀奇古怪的样式,一个头发盘得稀奇古怪的丑女子,出现在银幕上或荧屏上,会有意想不到的荒诞的艺术效果——导演们是这么认为的。"大都市嘛,2001年了嘛,哪能没有中国特色的朋克?她稍一上妆,天生的就是一个中国特色的女朋克!"——导演们这么说。

文学女硕士听了,心就流血。

然而对于她的心,钱是特效的止血药。

她由群众演员而小角色了。专演那种刁钻古怪令人生厌的女人。而在现实生活中,她越来越沉默寡言了,越来越离群索居了。

她却仍没有丧失掉喜欢阅读文学作品的习惯。常读到深夜。每每的,合了书,陷入沉思。想要沉思明白自己是怎么由文学女硕士变成影视"垃圾女"的,想要沉思明白自己那一头天生的秀发,对于自己究竟是好事还是坏事……却一直没得出明白的结论。她只明白了一点,按十三亿多人口的比例,中国的文学女硕士实在不能算多……

她去过一次整容医院,坦问如果将她的容貌改变得可爱一些,难不难?需多少钱?

一位似乎经验很丰富的男医生,一手钳着她的下巴,将她的脸扭向左边端详了一阵,扭向右边端详了一阵,蛮有把握地说:"原始面骨的结构还可以嘛!只要将眼皮拉成双的,将鼻梁垫高,将两边的肋肌往上抻一抻,会变一张挺受看的脸嘛!三万元打住了。"

于是她暗下决心,为三万元而奋斗。为北京多一张受看的女性的脸而奋斗。为一个是文学硕士的女子以后顺遂点的人生而奋斗。

忽一日嫚收到速寄家信,母亲病得很重,住院了。她当天就上了火车。隔日一下火车,直接赶到县城医院。母亲为了她们那个家,几乎把颗心操碎了。全家为了供她上学,使她成才,有出息,过的那是什么日子啊!老屋已岌岌可危了。早就该推倒重建了。可是没一大笔钱，建不起。她也想到了精瘦的父亲和才16岁的弟弟。他们为了生活，不得不一年到头在外打工。每一个家庭成员都在为嫚付出，无怨无悔。以为她总有一天，不但彻底改变了自己的命运，也终将有大的能力改变家庭的现状。她的包里装着两万多元钱。她一想到那原本是攒了打算整容的，顿生罪过感……

嫚几乎没能认出母亲来。数年没见，母亲的一头好发不知哪里去了。母亲的头发已快掉光了。还长着的，全白了。旧墙那种颜色的灰白。

嫚跪在母亲病床前，抱住母亲的头，哭了。

她想问："妈妈，妈妈呀，您原先的一头好发，怎么这样子了呢？"

可是她已哭得说不成一句话。

"嫚，嫚呀，好女儿，真是你从北京回来看我了吗？你为什么戴顶帽子？快摘了让妈仔细瞧瞧你……"

女儿不得不缓缓摘下了头上的贝雷帽。

"嫚，你为什么把头发剪得像假小子似的？为什么还染成了红色？……"

女儿擦去眼泪，竭力笑了一下，竭力以一种轻松的自然的语调说："妈，北京兴这样的发式……"

"嫚，这可不好看，你别赶这种时髦……"

母亲的目光流露出了责备……

两万多元钱花光了。

母亲出院了。

嫚的头发长了一寸了。

她却没有立刻回北京。她在家里写起小说来。

她想,我不能用整整六年的时间,白白读成一名文学硕士。几个月后,那篇数万字的小说,像当年求职的她自己一样,四处碰壁。

于是嫚为了钱,为了家,只得又匆匆赶回北京,继续经营她的"原始资本"……

/ 喋　血 /

月光像半张锡纸裱在炕上。

烟头一红,又一红,从朦胧中逼出男人的瘦脸。

呆愣的眼睛瞪着屋顶——那男人的眼睛,死不瞑目的样子。

屋顶白。墙壁白。分明还没被主人的生活污染过。上下左右的白衬托着,男人的脸显得黧黑。烟头一红,跟着便红。

外面的世界静极了。

炕上的孩子睡实了。

柴火在炕洞里哗剥。趴在炕洞前的老狗打了个懒洋洋的哈欠,发出一声人语般的呜哝。似乎醉卧的酒鬼嘟哝了句什么。

男人的身子被炕面烘软了。他觉得他的身子已不属于他了。头也不属于了。因为头里没了思想。只有夹烟的那只手,嘬烟的那两片嘴唇,还受着他的机械的支配。

老狗又打了个哈欠，又呜咴了一声。

终于，男人吸了最后一口烟，夹烟那只手果断地往炕上一捶，将烟狠狠捻灭在炕面上。

"哎……"

男人隔着孩子捅了女人一下。

搂着孩子的女人不动。不应声。

"你死啦？！……

男人诅咒道，一个鲤鱼打挺坐了起来。

女人还不动。还不应声。

"你……妈的！……"

男人的手伸向女人的头，想薅女人的头发，却摸在女人脸上，摸了一把湿。

他知道女人是在无声地哭了。他那只摸在女人脸上的手，犹豫了一下，就揩女人的眼睛。女人眼中于是淌出更多的泪，揩也揩不住。就像用手揩不住石缝渗出的水。

男人火了，那只手握成了拳，一拳擂在女人肩上："哭啥？哭啥！天无绝人之路，快给老子起！……"

女人悄没声儿地爬起来，在炕上委了几委，移身至炕沿边坐着，一手揉肩，两脚在地下探索。接着又扑向墙，仍坐着，张扬着胳膊，双手乱抓乱捉。

"你那干什么？！"

男人低吼。

"开灯，找鞋……"

女人嗫嚅着。

"不许开灯！摸黑找！"

朦胧的幽暗里，女人停止抓捉灯绳，怔怔地望着男人。

"瞅我干什么！你想开灯招人来呀？！"

女人明白了男人不许她开灯是有道理的，两脚往下一沉，踏在了地上。蹲下摸鞋。

女人摸到了鞋，穿好，站起来悄问："这就走？"

男人说："不走还等几时？！"

女人不再问什么，复上炕，轻轻掀开一只炕柜的盖，取出一个早已打好的包袱，挎在手臂上，静等着男人发话。

男人这才下了炕，先解开腰带，重新将棉裤腰刹得紧紧的。然后穿上了棉袄，戴上了皮帽子，刚戴上，又摘下，扔给女人。

"你戴着！"

"我不戴，你戴着吧。路远，冻坏了你……"

女人说着又想哭。

"叫你戴你就戴！啰唆啥？！……"

女人戴帽子时，男人从墙上摘下了双筒猎枪，枪筒朝上斜背身后。

女人用一床小被包好了孩子,因为挎着个大包袱,竟不能将孩子抱起。

孩子仍睡着。

男人推开女人,将孩子抱了起来,率先往外便走。

女人跟在男人身后。

老狗跟在女人身后。

男人出了门,见老狗跟在女人身后也想出门,一脚将它踢进了屋里。随即,用一把老式的虎头大锁锁上了门。

入冬的第一场新雪,从白天下到黑天,不知是哪会儿停了。新房子的房顶上,小院土坯围墙的墙头上,鸡窝上,一辆旧自行车的车座上,积雪一尺来厚。

月亮挺大。挺圆。当当正正地悬在墨蓝的天穹上。没风。一丝风也没有。整个村子如同被雪盖住在一个沉梦里了。世界是静极了静极了。

然而这是一个寒冷的夜晚。寒冷之极。有经验的北方人,其实是宁可冒着徐徐大雪赶夜路,并不在雪后出远门的。雪后不冷则罢,若冷,很凛冽。啐口唾沫落地丁当响,指的正是这一种寒冷。

男人将孩子交付女人,戴上棉手闷子,轻轻抚去了车座和车后架上的雪,不发出一点儿声响地用鞋跟慢慢磕起了车蹬子,歪一下头,示意女人坐到车后架上去。

女人却不知男人是什么意思,反应迟钝地呆站着。

男人就踢了女人一脚,同时将手在车后架上一拍。

女人这才明白过来男人的意思,却因双手抱着孩子,胳膊弯还挎着一个大包袱,踮起双脚,干着急坐不到车后架上去。

锁在屋里的狗扑门,呜呜叫。那低吠有些恐惧,似乎预感到了今夜对它和它的主人潜伏着某种不祥,某种凶险。

"妈的!"

男人低声骂了一句,不知骂的是女人,还是狗。

他复支好车,从眼面前推开女人,一大步跨到门前,摘下一只手闷子叼在嘴上,掏出钥匙便开锁。

"你要干啥呀?"

女人懵懂地问。

"得把狗弄死。"

他低声然而坚决地回答。

"别,它肚里正怀着崽呀!"

女人心肠特软地说,带有哀求的意味。

"不弄死它,它叫得全村的狗都跟着叫,那麻子还能让我们离开村子么?"

他说时，已开了锁，撇下女人在院子里，独自迈入屋去，反手将门插上了。

他一进屋，老狗立刻不叫，嘘嘘地嗅着他，似乎减少了几分动物本能的恐惧，获得了几分安全感。

他想找根绳子勒死它，又不敢开灯找绳子。寻思了一阵，决定用斧头劈死它。看来只有用斧头劈死它了。往脑袋上劈。狠狠地一斧头，不怕不能把它的脑袋劈两半。省事而利落的法子。

这么想定了，他就走到灶前，摸索到了斧头，紧紧握在手中。

"巴虎，巴虎……"

他蹲下身，假意亲近那狗。

狗便往他身上扑，将两只前爪搭在他肩上，湿漉漉的，散发着腥味儿的舌头长长地吐出口，舔他脸。

"趴下，趴下……"

狗立刻听话地趴下了，卖乖地举起四只弯曲的爪子。狗尾巴沙沙地扫着土地。借着从灶间的窗子透进来的月光，他能看出老母狗的肚子有多么鼓胀。怀着几只崽呢？再过一个多月就该下了。养了七八年的一条狗哇！抱来时比那头猪羔大不了多少。又能看家护院，又能跟他进山打猎。可是条好狗呢！影影绰绰的朦胧之中，唯狗那双眼睛明亮亮的。亲昵而信赖地瞧着他。

他有些不忍对狗下毒手了,弃了斧头。

但随即又想到了逼债人那张六亲不认的麻脸,冷酷无情,使他连想一想都觉得不寒而栗。他没少因那一大笔根本还不起的债对麻老五鞠躬作揖、低三下四。受尽了百般的羞辱和呵斥。亏他眼下还是这个村的党支部书记啊!他原本剩下不多的一点儿威望,经过麻老五当着全村人的面的多次扫荡,已然丧失尽净。他是再也没法儿在这个村里住下去了。而且,欠着麻老五两万元的一笔巨债,麻老五也绝不会容他住得安生,定会三天两头带着些狐假虎威的人来逼债。电视机、录音机、缝纫机,一切一切值些钱的东西,用借麻老五的钱买的东西,早已被麻老五指挥人大天白日地搬走了。眼睁睁看着被搬走,他连个响屁也没敢放。麻老五还限他十日内腾出秋末才盖起,住上没多少日子的新房子抵债。还勒令他的儿子和儿媳妇到麻老五的矿上去白白做工。他心内清楚,如果他依了,他那细皮嫩肉、俊眉秀眼的儿媳妇,便等于是麻老五的口中之物,想要什么时候受用一番就什么时候受用了……

一想到这些,他的心又狠了起来,重新操起了斧头。"巴虎,巴虎,别怪我心狠手毒,我是被人逼到了这份儿上呀!……"

他自言自语着，潸潸然泪下。

老狗以为他在跟它闹着玩呢，两只前爪抱住斧头不放。

他觉得它那张狗脸似乎是在傻笑。

他猝然从狗爪中抽出斧头，举过头顶，将浑身的力量都运到手臂上，猛地往下一劈。

老狗的两条后腿像被人扯着似的伸直了。而两条前腿一下子搂抱住了斧头。一只爪子搭在他的手背上，爪尖深深抠进他的肉里。他清楚地听到了一声类似斧头砍硬木的声响，感到了有什么黏糊糊的东西溅在他脸上。老狗却连哼也没哼出一声。

他一时蹲在那儿怔住了。

老狗搂抱住斧头的两条前腿经久不放松。

他想抽出斧头，抽了抽，没抽动。斧头分明被狗脑袋夹住了。分明劈入到地里了。他不由得用手摸了摸老狗那鼓胀的肚子，觉得有几团东西在不停地蠕动着。尤其因为那几团已然有了生命的东西，他心底里产生了一种罪过感。

他的手松开斧柄，用衣袖抹了一下脸，抹去了溅在脸上的血和狗脑浆，缓缓地站了起来。

老狗的两条后腿渐渐蜷缩了，搂抱住斧头的模样相当古怪。一双狗眼仍那么亮。甚至显得更亮了。似乎仍那么亲昵那么信赖地望着他。斧刃将狗的上腭劈歪了,看去更像在傻笑了。

他不禁有些害怕狗脸那种似乎在傻笑的样子。

一步步倒退着,用背撞开了门,他跑到了院子里。

"你,把狗咋样了?……"

女人怯怯地问。

他不说,有点恶狠狠地瞪着女人。

女人竟被他瞪得抖了一下……也许是冻的。

他第二次锁了门,第二次磕起了自行车蹬子,将车身偏了些,好让女人容易坐到车后架上。

女人已笨拙地坐到了车后架上,他才发现自己只戴着一只手闷子,低头四周瞅瞅,小院里的雪地上没有。准是掉在屋里了。

他不愿再进屋去找。

他真害怕再瞅见老狗那种两条前腿搂抱住斧头的模样,真害怕再瞅见老狗那种似乎在傻笑的古怪的脸。

没戴棉手闷子的那只手,一攥住冰凉冰凉的车把,立刻被粘住了。

他不顾那只手会怎样,推起自行车就走。

出了小院,他又犹豫起来。眼面前的雪地上没有任何印迹,洁白如纸。如银铂。

儿子和儿媳妇,谎称出外借钱去了。其实这一个夜晚，他们正在五十多里路以外的一个小县城的火车站上等待他和老伴儿。

顺着村路出了村，有一条大道直通小县城。上了大道，他可以骑上自行车。但麻老五他们若循着雪地上的自行车印追踪上他们，也是不费什么事儿的。

他家小院所朝向的荒地，是一片"塔头甸子"。若穿过那片"塔头甸子"，就拐到山里去了。山里有载煤的卡车碾出的野路。翻过两座山，就可以斜插到另一条公路上去。从那条公路赶往火车站，要近十几里。也许，麻老五想不到他会拖妻携幼，深更寒夜选择一条极艰难的路外逃。

主意一定，他推着自行车往"塔头甸子"走去。

"怎么往'塔头甸子'走哇？"

女人怯怯地问。

"少废话！"

他没好气地呵斥了一句。

将自行车推到"塔头甸子"里，他对女人吼："下车！"

女人心里一片糊涂地往下一蹦，双膝跪地，跌倒了。

他扯着女人的后衣领将女人扯起，也不向女人解释一句什么，大步往回便走。

身为党支部书记，曾经是村中权力最至高无上、声名最显赫的一个人物，如今却被从前最普普通通、最其貌不扬，见了他唯唯诺诺毕恭毕敬的村民麻老五逼迫得贼一样外逃躲债，他感到简直是千年垂恨、万代垂伤的事。认为从此以后，他的家族便是打上了奇耻大辱的烙印了。他心情沉重、恓惶、悲哀，压抑到了极点。他已没法儿好言好语好态度地对待自己一向尊重着的老伴了。

走回到家门前，他操起扫帚，将小院里的车轮印和脚印细心地扫平。接着扫出院外，顺原路退回，边退边扫。因为扫得那样细心，月光下，猛眼倒也一时难以看得出来。一直扫到女人跟前，他才将扫帚远远地掷出。

"塔头"被雪覆盖，看似平坦，却一步一阻。没奈何，他只好又命女人下了车。

他扛起自行车，慌不择路地撩开大步走在前。女人紧抱着孩子，挎着个大包袱，跟跟跄跄，跟头把式地随在其后。

走着走着，他情不自禁地站住了，扛着自行车转过身，眷恋地望着他生活了大半辈子的村庄。

当年，他爹他娘，也是因为逃债，才颠颠沛沛流落到这个村子里来的。它庇护过他的家族。若无它的庇护，他的家族可能已然灭了香火，断了血脉。它有恩于他。有大恩于他。在他的观念之中，它是他的村。他是它的人。尤其在他当了这个村的党支部书记之后，它的一草一木，一砖一瓦，一沙一石，一牲一畜，一房一舍，似乎都是属于他的。似乎？难道不曾确确实实地属于过他么？难道他不曾确确实实地在这个村里说一不二、一呼百诺过吗？难道他说地里今年种麦子，别人敢种谷子吗？难道他说谁家的房子不许拆或不许盖，谁家敢拆敢盖吗？难道这一切都只不过是他梦中的事儿？他妈的明明的都不是梦啊！才几年的工夫啊，党支部书记在这个村子里便什么人物都他妈的不是了！而过去，他的儿子仅仅因为是党支部书记的儿子，不是"三好学生"也是"三好学生"了！不够资格在小学也戴上"三道杠"了！不必申请在中学也入团了！过去那真真是党的天下啊！不管什么事儿，只要和党扯挂到一块儿，没理也有理了。不管什么人，只要是党所信任的人，具体说，只要是他这位党支部书记所信任的人，不是好人也是好人了！他是早已习惯了这一切似乎天经地义的判人判事判世的一套了！

而今，在这一个夜晚，他憎恨这个村子！他内心里诅咒这个村子！他真想放把大火烧了这个村子！他真想造成地震引来滔滔洪水毁灭掉这个村子！如果他耶福全能够的话！

因为这个村子分明地已不再是他耿福全的村子了。而是麻老五们的村子了！麻老五第一个发现山里有煤。麻老五第一个成了个体户矿主。于是麻老五第一个富了起来。才几年工夫啊，麻老五富得像孙悟空似的，仿佛从身上拔下根毫毛，吹口气儿就能变成整捆整捆的钱！于是村人们都崇拜起麻老五来。于是村人们唯麻脸是胆了！都纷纷挂名在麻老五的"矿业联合公司"招牌之下了！于是麻老五唱歌不好听也好听了。于是麻老五尽管一张麻脸让人瞧着心里起腻也是美男子了！于是村里的男人们争相向麻老五表忠村里的女人们争相向麻老五献媚献殷勤了！而过去可都是争相向党表忠争相向他耿福全献媚献殷勤的！妈的一个个见钱眼开的男人一个个轻佻风骚的女人们！而过去决定他们该不该结扎她们该不该戴环或者决定男的女的一对对该在哪一年生孩子的，难道不是他耿福全是麻老五吗？

想到这些，他甚至开始怨恨起他一向依恃着的共产党来。党，党，他心说，千不该万不该，不该在我耿福全习惯了彻底习惯了那一套之后，心血来潮地改弦易辙！预先几年也不跟我耿福全打声招呼！我鞍前马后地可是忠心耿耿追随了几十年啊！就算我是个老家奴吧，也不该撇闪我个如此悲悲惨惨的下场啊！坑苦了我啦!

村子,他的村子,不,麻老五们的村子——盖着松软的洁白的雪被在沉睡。许多人家的烟囱还冒着袅袅青烟,笔直笔直地往上升,升得很高很高,如同一束束灵光照射向天穹。证明许多人家炕洞里的柴火还在燃烧着。证明许多人家的炕面像他半个小时前还躺在其上的炕面一样,必定是热乎乎的。白天采了一天煤的男人们,这时这刻必定是搂着自己的女人睡得正酣吧?是啊是啊,还有什么比在这样的夜晚搂着自己的女人打着高枕无忧的鼻鼾睡在热乎乎的被窝里更畅美的事呢?钱啊,钱真是好东西,世界上顶好顶好的东西!现如今似乎只有它才会使男人们高枕无忧了。似乎只有它才会使女人们变得越活越滋润了!……

抱在女人怀中的孩子,睡得比村子还沉实,仿佛是个死孩子。可怜的娃!可怜的小孙孙啊!由于受到麻老五几番带领人到家里来逼债来掠夺值钱东西时的惊吓,好端端的个孩子变成了个"夜哭郎"。今天孩子临睡前,他强迫女人给孩子灌下了两片安眠药。紧接着他亲自又给孩子灌下了一片。他怕两片不顶什么事儿——几十里路呢,他希望今夜静悄悄地外逃成功。他可不愿一路之上孩子哭老婆叫的!现如今虽然叫"初级阶段"了,可毕竟还是社会主义。是社会主义的"初级阶段"不是资本主义的"初级阶段"！一个大村的党支部书记逃债别搞得像解放前似的。孩子哭老婆叫的，那成什么体统！可是麻老五他妈的真跟解放前的地主差不多！一点儿同村人的情面都不讲。更不看在他好歹还是个党支部书记的份儿上了！麻老五每次带领来闯入他家的那些个人，也都比解放前地主的狗腿子差不了多少。所不同的是，他们往外搬他家的东西时，一个个脸面上笑呵呵的，并不吹胡子瞪眼。有的还对他说"支书哇，我们是不在党的人，所以嘛，只听我们老板的。各事其主嘛。自古以来这么个理儿，您多担当"之类的屁话……

规格划一的砖瓦房舍，取代了村里过去全部的破屋寒窑。它们如同一律地戴着洁白的孝帽子，在这个夜晚为谁默默地守灵似的。它们对他的仓皇出逃视而不见，保持着事不关己的超然。

它们是麻老五带给村人们的恩德。也是麻老五为这个村子立下的一大功劳。

笔直一条村路，玉带也似的，将那些砖瓦房舍从中间分开来。栽种于两旁的杨树，已长得两人多高了。村路是水泥的，两旁还砌了排水沟，下雨天再也不会翻浆捣泞的了。

这一条村路是现如今已成为全县首富的麻老五慷

慨捐款修筑的。全村人没动一锨一镐。它每天供村人们行走,如同行走在麻老五千古流芳的德行上。

村头的二层楼是俱乐部,是村人们欢聚玩乐的地方。是经麻老五提议,各家各户摊派捐款盖起来的。楼顶上的大钟,是在天津一家钟厂定制的。报点时,就响音乐。村人们说,是一首歌的音乐。还说歌词是"中国,中国,鲜红的太阳永不落……"可在他听来,那段音乐却仿佛可以套上这样的歌词:"牢记,牢记,麻老五恩德永不忘……"

那钟原本是朝东安装的。那几天麻老五不在村里,村人们七言八语地自作主张了。麻老五一回来,见钟朝东,大为恼火。村人们对他说:"朝东好啊,朝着升日头的方向有啥不好呢?"麻老五更生气了,吼:"朝东不好!朝西才好!我就看着朝西才顺眼,这钟非朝着落日头的方向不可!……"

村人们不敢违背他的意愿,也似乎都有些不愿违背他的意愿,于是将安装好了的钟拆卸下来,此后它那巨大的时针和秒针,便朝着日头坠落的方向移动了。并且朝着日头坠落的方向报时——"牢记,牢记,麻老五的恩德永不忘……"

由于白天下雪,那挺美观的楼钟的两根针并未吸收到多少阳光,所以这会儿也就不怎么绿。但依稀能望得清——快十一点了。

俱乐部对面是"快乐斋"——麻老五开的私营饭店。麻老五的老婆当女老板。往日那里一直热闹到后半夜。男人们常到那里喝酒。耐不得家中寂寞的女人常到那里凑男人们的趣,卖些便宜的风情。有时还放录像。《鹰拳刁手》或者《红粉兵团》什么的。不是武打,就是凶杀,再不就是恐怖。却从来也没放过"黄的"。肯定麻老五是有"黄的",但绝不公开放。任多少人死乞白赖地求过他,他也不放。麻老五在这方面是个很有主意的人。他是不会公开给自己找麻烦,使谁抓住把柄的。可能因为下雪,今天那里早早地黑了窗。但高挑在门前的幌子灯,却亮着。像一只巨大的血红的独眼,眈眈地瞪着离家逃债之人。

是啊是啊,这个五十多岁的男人,这个逃债的党支部书记无比惆怅地想:怎么不是麻老五的村子了呢?满村尽是麻老五的恩德的明证啦!当了二十多年党支部书记的自己,他的恩德又体现在哪儿呢?细想想,扪心自问,是没有啊!既或曾有过点儿,也早被人们遗忘光啦!也被麻老五的财力带给这村子的非常实际的好处给覆盖了!如同一床漂亮的绸面儿大花被覆盖住了千疮百孔的破炕席。共同富裕——从打解放后,他就带领全村人天天念这个经,哼这个调,从互助组时期到初级社时期到高级社时期到人民公社时期到几年前包产到户，他自己没能够富，别人也没能够富。富？一直受穷着哪！倒是麻老五发现了山里有煤，于是不但麻老五咣当一下富得抖抖的，全村人也都跟着富了起来。可不是他这个党支部书记发现山里有煤的，能怨得着他吗？这不过是种运气啊！麻老五的运气好，麻老五就该夺了他这个党支部书记在村中的地位和权力吗？而公社的党、县委的党，他的一切上级党，竟干瞧着麻老五骑在他脖梗上拉屎撒尿不管不问！居然还奖给麻老五一面锦旗，上面绣的是——"致富能人"！

唉唉，我的党哇党哇，我的亲娘老子哇，难道说你像大姑娘撇一个私生子似的，一甩手就把我耿福全撇掉不要了吗？……

他内心里涌起一股大悲大哀，眼眶便有些湿。

村里那些被"结扎"了的男人和被带上了环不许怀孕不许生育的女人，包括麻老五在内。恨的可不是共产党，而是他耿福全！

村子里传来了一声鸡啼。

女人似乎并不急于赶快逃，呆呆地望着村子，望着家院，惴惴地问："你听见了吗？"

"听见了。"

"是鸡打鸣儿。"

"嗯。"

"是母鸡打鸣儿。"

"嗯。"

"像是咱家的母鸡在院子里打鸣儿。"

"闭上你那臭嘴!"

他从内心里往外一悚。

半夜鸡叫,分明已属不祥之兆!还是母鸡,还是自己家的母鸡……

钟响了。

"牢记,牢记……"

"走!"

他猛地转过了身。

"快活斋"血红的独眼,仿佛不怀好意地咄咄地目送着他们在"塔头甸子"里磕磕绊绊、跟头把式地仓皇而去,渐渐被夜的黑暗所吞……

县城小火车站候车室里,一对儿年轻夫妻互相依偎着,坐在白油漆的被种种肮脏所污的长椅上。这是一个不大的小县城。就是通常被人们说成是"一条马路,一个警察两只猴"的那类小县城。猴?这地方根本没有过公园或动物园,便没猴。连耍猴的也没在这个地方出现过。所以这个地方的人们大抵没见过真猴活猴。警察却不止一个。他们的姓都挺古怪。一位姓那,一位姓漆,一位姓果。这地方满汉杂居。汉人管文治。满人管法制。每日里二十四小时之内,仅有四次列车通过。还有一次列车是货车。严格地说,这算不上一个县城,不过是一个在东北荒原上趴了很多年,容貌却不曾改变过的小镇子。

这地方的候车室简陋败坏得不像话——两扇门已走形,难以关严。寒冷畅通无阻地闯进来,用冰冷的手肆无忌惮地蹂躏每一个候车的人。其实人也不多,算上那一对年轻夫妻,总共才八九十来个。可能其中还有流窜者,纯粹是把这里当成免费的旅店。候车室地中间有只小铁炉子,就是北方人家烧蜂窝煤的那种小铁炉子。炉子虽小,烟筒却很粗,靠了一节节"拐脖儿"七拐八拐,如同化工车间的空中管道。为了巩固它们,经经纬纬拉扯向四面八方的粗细铁丝,如同黑夜里射向天空的交叉火力网一样。若夏天,大概苍蝇蚊子在空中飞行时,也必得像密集交叉的公路上的车辆一样小心而谨慎。否则可能一头撞在铁丝上小命呜呼。铁炉里的火是早已熄灭了。冰凉的烟筒下吊着一只只玻璃罐头瓶,内中或多或少地都盛着些黑褐色的烟油子。车站的人能想到这一点,足见"全心全意为人民服务"的思想并未彻底丧失。

今夜在车站值勤的是"那警察"。原先的老铁路治安警察退休了。"那警察"被调了来。反正左右都是当警察，他并不在乎身上的黄警服变成了蓝警服。

四十来岁的"那警察"正在值班室和二十来岁的女站勤聊天，忽然想吸烟，一时找不到火，就离开值班室，步态威严地走到了铁炉子跟前。他哈下腰用铁钩子捅了半天炉子，没捅出一颗红火炭，沮丧地直起腰，拍了拍手，目光落在那一对儿年轻夫妻身上。别的些个人们都在蜷蜷缩缩，或倒或卧地打磕睡，只他俩互相依偎着，前身合盖一件埋埋汰汰的看不出颜色的大衣御寒，各自睁大着双眼愣神儿。

"喂，有火儿没有？"

年轻的丈夫缓缓地将脸侧转向"那警察"。

"我问你，有火儿没有？想借个火儿，吸支烟。"

对方缓缓地从大衣底下探出一只手，伸入到大衣口袋里。

"那警察"便走到了他们跟前。

"霍村的吧？"

"那警察"吸着烟，将火柴还给对方时，随口问了这么一句。

对方仰脸儿瞅着他，有几分不安地摇摇头。见男的摇头，女的赶紧跟着摇头。

"那警察"吐了口烟，肯定地说："别摇头，你们骗不了我！你们若不是霍村的才怪了呢！"说着，将自己的一只手伸入了人家的大衣兜，掏出来时，手心手背都是煤末子，颇得意地又说，"你们这些霍村人啊，应该修个庙，庙里给马五金塑个像，供财神爷一样供着！若不是靠了他，你们这些穷土包子能发起来吗？"

马五金是麻老五的本姓大名。

年轻轻的一对儿男女不禁地对视一眼，表情更加不安。

"那警察"在不比长椅干净多少的警服上揩揩那只沾了煤末子的手，又问："你们……小两口儿？"

年轻轻的一对儿男女赶紧点头。

"那警察"瞅瞅男的那张忧郁的脸，又瞅瞅女的那张忧郁的脸，再问："真的假的？"

"真的，是真的！……"

她急切切地抢先说。

他分明也很心虚，却故作镇定地说："我们随身带着结婚证哪，你不信可以看看……"说着掀开大衣，就拉一只黑手提包的拉链儿。

"别，""那警察"制止道，"我才不稀罕看你们那玩意儿呢！你们是假夫妻我也管不着。只要你们手提包里不藏着炸弹就行!"

小伙子便没彻底拉开提包的拉链儿。苦苦地,嘴角皱起一笑,复将大衣盖在身上。

"没炸弹,真没炸弹……"

年轻轻的小媳妇,仍有几分慌张地保证着。

"我看,你俩愁眉不展的样子,八成是双双逃婚吧?"

"那警察"对他们颇感起兴趣来,深深吸烟,却吸不透,骂道:"他妈的,这年头连当警察的也不得不吸冒牌烟了!"

小媳妇怯怯地说:"我们不是逃婚的,是逃……"

小伙子在大衣底下拧了她的手一下,赶紧打断她的话说:"我们是逃婚的,怎么样?"

"那警察"将吸起来太困难的烟扔在地上,碾碎之后,瞧着他们笑了:"逃婚我更管不着啦!霍村人我都挺熟悉的,你们是哪家哪户的?"

小媳妇瞅着自己的丈夫,不知如何回答是好。

"我们……我……是耿福全的儿子……"

她的丈夫显然是个诚实惯了的人,在说谎骗人方面一点儿也不比她有经验,她向他丢眼色已晚了。

"耿福全?你是耿福全的儿子?你爸我可太认识了!十七八年前,他可是个人物!全县'活学活用'的标兵,学大寨的带头人,动不动就到省里去开会!……"

"哎,老那,你死哪儿去啦!……"

值班室的小窗"啪"地从里面被推开了,探出一颗女人鬈毛狮子般的头,大呼小叫。

"就来!逃婚归逃婚,可你们有没有什么口信儿,希望我转告你们老子啊?"

他们摇头。

"老那!等着你帮我缠毛线呢……"

"就来就来,三点零六的车正点到达,那么,祝你们一路平安啰!……"

"那警察"离去了。

小媳妇两眼吧嗒吧嗒往下落泪。

"你咋了?"

在这么一个地方,在这么一种时候,凶吉未卜前程难料,她丈夫觉得惭愧,觉得太屈了她,话语之中不免充满柔情。

"听人家说起咱爹从前,我心里难过。"

"是啊,我心里也难过着哪。要是从前,麻老五,哼!算啦,好汉不提当年勇!"

"车票呢?千万别弄丢了……"

"丢不了。兜里揣着哪……"

"咱们到了省城,还往哪儿继续逃哇?"

"我也不知道,一切听咱爹的呗!"

"连张介绍信也没有,到了哪一个地方,怎么住店呀?"

"住店?你趁早别想得那么美了!逃债还住得起店吗?"

"不住店,寒冬腊月的,住哪啊?"

"蹲火车站,睡门洞。"

"孩子受得了吗?"

"受不了也得受。"

"咱俩什么手艺也不会,爹也是,能那么容易就找到活儿干吗?"

"找不到活儿,就讨饭。"

"我不……"

"那你就饿着!"

她一头扎在他怀里,呜呜哭开了。

几个睡在长椅上的人被她哭醒,睁开眼瞪他们。

"别哭,别哭。麻老五个王八蛋,亏他还是你表舅呢!……"

咬牙切齿。

她哭得更伤心更难过了。

她不敢告诉他,她肚子里又怀了孕,是麻老五的。

她表舅蹂躏她的时候，信誓旦旦地说："咱俩毕竟还沾——————你公公家欠我那两万元，也等于就是你————————会再催逼着还的……"

她表舅那双色———的眼睛使她怕极了！每当他那张蜂窝似的大麻脸俯———脸时，她心里就一阵阵发怵。他浑身松软的白膘———腻歪。为了公公，为了丈夫，为了她自己，为了———们的家，她一次次耻辱地依从了他，他一次次跟———誓旦旦地下保证。她虽一次次依从了他，却不能不———是一次次地被他强奸。后来她终于明白，他是淫———够的。他是想要永永远远地占有她——因为他们欠———了他两万元三年五载还不起的债。驴打滚的债。———也不比旧社会地主老财向穷人放债的利息少！目的———一样的恶。公公、婆婆、丈夫仅仅是逃债，而她还逃———麻老五。逃避她的表舅。逃避一只恣意蹂躏和玩弄———的色狼……

他蹂躏她如同洗衣机搅拌一件衣服。

他玩弄她如同雄猩猩玩弄一个布娃娃。

前面的生活道路究竟还有什么奔头呢？她内心里充满了对今后命运的恐惧。连往前想一想都觉得不寒而栗……

"叫你别哭，你还哭！"

丈夫恼火了。

"被我表舅逼到了这种地步,还……还活个什么劲儿呢?"

"那你就死!一会儿火车来了,跳下站台让火车轧死!"

丈夫推开了她……

再有一百多米,就通过"塔头甸子",到山脚跟下了。

女人说:"他爹,歇会儿吧!"

男人站住,缓缓地向后转过了身。扛着自行车,向后扭头比向后转身更难,所以他宁可转身。扛在他肩上的自行车的前轮,于是就以他的身体为圆心,划了个一百八十度的弧。

他见女人已然坐在"塔头"上了,气喘吁吁,浑身是雪。包裹着小孙孙的被子上也尽是雪。想必她抱着小孙孙摔了无数跟头。从女人的领口冒出蒸蒸的汗气。

他也将自行车一下子放到地上了。不,准确地说,是他肩膀一倾,自行车掉到了地上。他也气喘吁吁。他也浑身是雪。他的领口,也冒出蒸蒸的汗气,他双腿一软,也身不由己地坐在一个"塔头"上了。

他说:"你,看看柱儿咋样啦?"

女人掀开搭在孩子脸上的被角,将自己的脸贴在孩子嘴上，贴了一会儿，抬起头瞅着他说："睡得香呢！"

"出气儿匀吗？"

"匀……"

女人放下被角，盖住了孩子的脸。

"可别把孩子闷死……"

"我留心着呢。隔会儿就撩开被角透透气儿……"

男人喟叹一声，自言自语道："可怜的孩子……"

女人却有点儿提心吊胆地说："走这条山间野路，要是遇见了狼咋办？不是说山里又有狼了吗？……"

男人凛凛地说："你瞎？没见我背着枪？"

女人便不说话了，侧脸向他们逃来的路上望去——大钟的两根夜光的针，已望不见了。"快活斋"那盏红灯，仍可望见。小多了。就好像有谁站在那儿，高举着手电筒往他们这里照射。而手电筒蒙着红布——别果真是蒙着红布的手电筒，向埋伏在山里的麻老五们发信号吧？

女人心里不禁犯了疑惑。由疑惑而不安。

"他爹，你看那是灯，还是谁举着电棒啊？"

"那是灯又怎样？是电棒又怎样？"男人反问。声音低低的，在女人听来，有种咬牙切齿的意味，仇恨大大多于逃债的悲凉。

女人朝男人瞅一眼,见男人正用匕首挑开棉手闷子,将它套在枪上,一直套到扳机的部位。大概是为了护住扳机别走火。

"把……子弹先退出来吧!万一走了火,伤着我和孙子可咋整?……"

女人请求地说。

"真走火了,算该着。"

男人似乎很平淡地说。女人却从男人的话中,品出了一种恶狠狠的杀机。

女人又不敢再开口了。

男人将枪靠在自行车上,凑近女人,从女人怀中抱过孙子,轻轻掀开被角,将自己胡子拉碴的瘦脸贴向孩子的小嘴儿,亲自感到了呼吸,才放心地又将孩子塞还给女人。

男人看手表,发现表壳不知何时碎了,时针和分针都不见了,只剩粘了磷的秒针,仍在无声地走——一定是跌倒时,手表磕着自行车脚蹬子了。

麻老五带着人抄他们家时,一眼看见了他腕上这只表,笑微微地向他伸出一只肥厚的大手,说:"支书,你到这般田地了,那表还舍不得抵债吗?"

他一言未发就将手表撸下来,矜矜持持地放在了麻老五的手掌上。那情形如同麻老五是一位高贵的受降者，而他是不得不交枪的残兵败将。无论怎么样地想要维护住一点儿自己往昔的尊严，其实都根本不能够的。

麻老五当时摆弄着看了看这只旧"东风"表，没稀罕要。依然笑微微地拉起他的右手，将这表替他戴在腕上了。好像新郎往新娘手上戴结婚戒指，一副彬彬有礼而又无比幸福的样子。还拍拍他的肩说："借了我两万元，你也不买块新表戴！"……

唉唉，耿福全，耿福全，你呀你呀，当初为什么要向他麻老五借两万元钱啊！

你这真应着了那句话——一失足成千古恨！

他在心里暗暗诅咒着自己。

他一向是一个深谋远虑的人。别人提到他时，都这么评论他。他自己也这么认为自己。毕竟当了二十多年党支部书记，再头脑简单个人，也学会深谋远虑了。这一次他也是深谋远虑的。可这一次跟他作对的，不是别人，不是共产党过去那种朝令夕改，使人来不及跟着变的政策风。凭良心讲，似乎也不是麻老五，而是他自己的命运。他自己的命运跟他作对，他还能有好结果吗？

村人们纷纷学麻老五的榜样扑进山里挖小煤矿的当初，他冷眼旁观，"按兵不动"。

儿子说:"爹,咱们也进山吧!"

他说:"进山干啥?"

"挖煤呗!那要是选准了矿,咱家还不和别人家一样,咔嚓就富起来呀!"

"你懂个屁!再不许跟老子提这件事儿!"

在村里他过去是天子,是皇上。金口玉牙。在家里他也理所当然的是一家之主。儿子是在他的阴凉下长大的,对他顺从惯了的。在儿子的经验中,无论什么事儿,只要听他这位爹的,几乎就没错过。即使一旦证明真错了,纠正也不难。所以呢,他不许儿子再提,儿子就再也不提。

山林归国家所有。共产党的政策千变万化,这一条他坚信是绝不会改变的。如果连这一条都改变了,共产党在中国"领导核心"的地位,岂不就光剩个空架子了吗?尽管那些山没林,草长得也很少,但毫无疑问还是国家的山嘛!国家的山里出了煤,容你们这些异想天开的农民去挖个体小煤矿吗?笑话!

他很有耐心地等待县里派人前来制止。

可县里迟迟没人前来制止。

他终于等得丧失了耐心,自己口述,让儿子笔录,给县委写了一封信。以一位共产党员的名义。以一位党支部书记的名义。

县里派来了一位改革政策研究室的干部，和一位地质工程师，勘察了一番，认为这山里的煤层很有限，不值得国家投资开采。既然农民们愿意开采，谈不上破坏任何生态平衡，只要纳税，就采呗。县里还认为这是大好事，应该支持，拨了县运输队的一部分卡车租给采矿户，以解决他们往山外运煤的困难。

村人们反而更加安心，更欢地开矿，更欢地采煤，更欢地赚钱。他们从没赚过那么多钱。

村人们背地里讽刺他——"想拍共产党的马屁，结果挨了个马屁趾！"

他憋了一股窝脖火儿，能不窝火儿吗？

他不服气，能服气吗？

他不信是他自己这一次估摸错了，以他，给共产党当了二十多年支部书记的人，在这件事上居然错了？他认为他在任何事上都早把他的党估摸得熟熟的啦！

于是他又给省里写信。

省里派来了调查组。调查组中还有一位是报社的记者。

他为此好不兴奋啊！

结果呢，更加证明他这一次是错到底了！省里和县里的态度完全一致。

调查组组长临走时对他说:"老耿啊,观念要改变,思想要解放哇! 否则太跟不上形势喽! 农民们自己寻找出路甩掉穷帽子有什么不好呢? 咱们没做带头人,可也不能犯红眼病是不是?"

听来语重心长,似是开导。其实是含蓄的批评。"红眼病"三个字很刺激他的自尊心。若他并不红眼,也就不觉得是种刺激了。问题在于他很红眼。扪心自问,他无法否认。

于是他真病了一场。不过不是眼病。

就在他生病的那些日子里,村中放鞭放炮,喇叭唢呐地热闹了好几起 —— 又有几户人家推倒旧屋,兴盖新房。令他百思不得其解的是,都仿照麻老五家新房的规模和样式。都是麻老五从县里给拉的帮工队。都请麻老五剪彩。妈的,农民盖新房剪的什么彩!

病愈之后,他不那样窝火儿了。也对现实有点儿服气了。于是开始四处借钱,也要进山挖小煤矿了。也要推倒旧屋盖新房了。

乍富的人们没那么多钱借给他。也不太乐意借钱给他。

他们说:"支书哎,借钱,别朝我们伸手哇! 朝那腰缠万贯的伸手才对哩!"

都这么说。

他明白他们所指"那腰缠万贯"的人是谁。他深感自己头脑开窍晚了，落下往昔支书最后的一点儿架子，低三下四，羞愧无比地去找麻老五。

麻老五似乎不计前嫌，对他仍挺客气，仍挺恭敬的。他狮子敢张大口，借两万。麻老五当时吓了一大跳。沉吟半晌，一拍大腿，只说了一句充满豪侠之气的话——"两肋插刀啦！"

没过几天，麻老五就将鼓鼓囊囊一手拎包"大团结"给他送上了门。

靠那两万元，他盖起了新房。也仿照麻老五家新房的规模和样式。也放鞭放炮，吹喇叭唢呐。也剪彩。

靠那两万元，他挖了三眼矿。

惨就惨在，三眼矿都没选准位置，离煤层远着呢！

这不是他的命，又是什么呢？

更惨的是，麻老五放高利贷，麻老五几次三番逼债，他却只有忍侮受辱的份儿，不敢告。共产党员，党支部书记，明知高利贷坑人，你还借，你起码的觉悟到哪儿去了？你不是自作自受吗？你有何脸面告哇？再者，人家麻老五明人不做暗事，那是有声在先的！借了人家的债，还不起，还告人家，在村里还怎么待得下去！……

"走！"

这逃债的男人，从手腕上撸下那只已磕坏了的手表，狠狠扔在地上，倏地站了起来。

女人却去捡表。

"不许捡！走！……"

他抓住女人的后领，将女人拎了起来。

他先把枪扛在左肩，再用右肩扛自行车。当他重新扛起自行车，顿觉比方才重多了，他心中陡升一种委屈——这辆自行车可绝不比他的爹当年带着他逃债时所挑的破柳筐轻便！而他的爹和娘如今埋在了村后的一片林子里。唉唉，不肖之子哇，此一去，谁知哪年哪月才会回来？也忘了给两位老人家的坟培次土。会有人替他尽这点孝吗？这年头，谁还肯为他这样一位倒霉背时、命乖运舛的党支部书记积这点儿德，行这点儿善呢？兴许只有韩喜奎肯？毕竟是他的党内同志啊！兴许……

今夜逃离村子的打算，他告诉了唯一的一个人就是韩喜奎。是他介绍韩喜奎入的党。谁也不告诉就逃了，那不是他耿福全所为的事。那不符合他的道德观念……

"他爹，走慢点儿，我跟不上……"

"快走！跟不上也得跟上！表都坏了，扔了，没个钟点，误了火车你对谁哭去！……"

他跌了一跤，胸口压在一边的自行车把上，疼得他半天缓不过口气来，跪在雪窝动不得。

"他爹，他爹啊！……"

女人慌得将孙子放在雪地，也跪在他跟前，一边推他双肩，一边哭。

"你就会哭！我死不了……不带领着你们逃出这个省……我，不死！……"

他终于缓过了口气。女人的哭，女人六神无主的样子，使他分外恼火。在他陈旧的记忆之中，他的娘，跟着他的爹，带领着他逃债，可不是这么一副熊样子！他的娘当年是多么的刚强！甚至比他的爹更有主张，更不怕艰难，更不惧风险。唉唉，时代不同了，女人们也变得多么的不同了哇！新社会竟把他的女人宠惯得这么不中用！这么无能！唉唉，也难怪新社会，他的女人二十多年来乃是在村里发号施令，一呼百诺，一跺脚别人家饭桌就动摇的党支部书记的老婆，在这个村里的身份就等于是皇太后的地位，虽谈不上有什么作威作福的，可毕竟二十多年来是个人上人啊！哪成想她有一天会逃债呢？哪经受过这般的仓皇，这般的不安，这般的苦难呢！……

他伸出的双手，本是欲将女人推开的，却将女人扶了起来。

他说:"快擦去泪,看潴了脸!"

话语之中,情不自禁地掺了些温柔。

"过了'塔头甸子'我就推着你……"

他复扛起自行车,眼眶又一湿。他觉得此时此刻的自己,仿佛是天地间很悲壮的一个人物。同时,一种强烈之极的责任感,使他周身增添了不少力气。

他只管大步朝前走。背后,听得到女人粗重的喘息,知道女人跟得很紧。

这才对……这才像我的女人……

他心说,觉得车的重量,似乎被女人分担去了一部分。

圆而大的月亮,也似乎是距离他们近了。稍微有点偏斜地、温情脉脉地,在天穹上注视着他们。清冽的月辉,遍洒在通往山里的一条野路上。洁白的雪,覆盖住了从山里往外运煤的种种车辆碾出的深沟。这条野路洁白得竟使他有点儿不敢走。尽管这条路他已走过许多次。但他从来也没有一个人走过。从来也没有走过一个别人留下的脚印也见不到的路。他仿佛觉得,洁白的雪下,覆盖着一处处陷阱。

终于跨出了"塔头甸子",他如释重负地将自行车放下,长长地吁了口气。抬头望望月亮,他忽发奇想,要是眼面前这条雪路一直通上天穹,通向月亮里多好呢？

　　一丝夜晚的游云，曲曲弯弯地出现在月亮上。圆而大的月亮，似乎皱起了眉，似乎满面皱纹了，似乎一时间就变老了。

　　这男人正徒自望着月亮胡思乱想，他女人催促他说："还不赶紧走，望月亮干啥呢？"

　　他经女人这一提醒，心神立刻又回到了现实中来。他为自己的胡思乱想感到荒唐，感到罪过。同时亦因那么令人神往那么美妙的一种憧憬，被他的女人一句话便撕扯得粉碎，而大扫其兴。

　　"等着你上车哪！"

　　男人强词夺理。

　　女人挺轻巧地一纵，这一次倒是没费什么事儿便坐到车后架上去了。

　　男人也不看她一眼，觉着她是坐上了，推车便走。

　　"到了省城，咱们往南边……还是往北？……"

　　"逃"字在女人舌尖打了个滚儿，被女人吞一只刺猬似的，硬是又吞了下去。

　　"到省城再说！"

　　"麻老五他们会不会截在车站呢？"

　　"被截住了再说！"

　　他们身后，洁白的高贵的地毯也似的雪路上，留下了一道深深的自行车辙,和男人乱七八糟的脚印。

男人尽量将车推得很稳,使女人得以袖着双手,怪安泰地坐在车后架上。而他自己,失去了棉手闷子的那只手,紧握冰凉的车把,快冻麻木了。

唉唉,两万元啊,仅在自己手中过了一遭,就变成了一笔巨债!新房子,等于是给麻老五盖的了,麻老五倒落得个坐享其成!听喜奎讲,麻老五欲将那房子租给县运输队的人住,宽宽敞敞的四间大屋,每间屋摆几张床,就算总共摆上十五张床吧,一个月也是笔不小的收入啊!用不了三年,两万元麻老五准收回去了。还白占一排房子!自己呢?连块新表也没舍得买,连辆新自行车也没舍得买……这辆破旧自行车,连副塑料护把也没有。有塑料护把,握着也不至于这么冰手哇!……

一接近山口,就感觉到穿山风的肆虐了。飕飕地迎面而来,像一把把锋快的小刀子,割在他脸上、手上。两只耳朵仿佛被谁在用粗砂纸使劲儿摩擦似的。

帽子戴在女人头上。帽子内,女人还扎了一条头巾。在家里,将帽子强迫女人戴了,这会儿,男人的自尊心不容他再将帽子要过来。可这熊女人,你也该想到一点儿自己的丈夫哇!你也该心疼一点儿我哇!……

他回头看了女人一眼,见女人将头勾得很低很低,严严紧紧地袖着双手,身子歪靠在车座上。如同公共汽车里,不管别人怎样挤,自顾坐在座位上打盹或假装打盹似的!妈的你个熊女人哇!想当年我爹和我娘不是这么逃债的!……

突然,他将车停住,大吼一句:"孙子哪!……"女人猛不丁地抬起了头。

"孙子哪!……"

女人惊得滚下了车,跌翻在雪地上,傻愣愣地瞪着他。

"你!……"

他推倒自行车,狠狠踢了女人一脚!

"忘……"

女人抬手指"塔头甸子"。

他转身就往回奔。

孙子是家的根苗!没有了孙子,家也就没什么意义了。如果自己这辈子还不上债,儿子那辈子接着还!儿子那辈子还不上,孙子接着还!借债,总是要还的!人过留名,雁过留声,万不能使麻老五和麻老五的儿孙们牢牢记住他个骂名!……

他一口气奔回到"塔头甸子"。急急慌慌,跑偏了方向,一时竟觅不见自己和女人的足迹。一眼望开,月辉下,一座座覆盖着雪的塔头,仿佛一片片惨白的人的骷髅头!仿佛他自己的和女人的脚印,是被骷髅头们阴险地抹去了。抹得干干净净!

什么东西猝地从他身旁蹿起,使他吓了一大跳,迅速地将枪从肩上抖下来,防范地举了半天。

四野寂静,万籁无声。

大概是只野兔……

"柱柱……"

"柱柱……"

"柱柱!……"

他大声叫喊起来。

四野寂静,万籁无声。

经久,从山口,荡回了他自己的回声。仿佛另有一个他自己,在山里极遥远的地方叫喊。

柱柱……

柱柱……

声音变得那么细微。不像是在叫喊,像是在唱。

村子里,"快活斋"的红灯,定在黑夜之中,纹丝不动。

"牢记,牢记,麻老五的恩德永……"

他镇定了一下心神,却什么也没再听见。那报时的音乐是该响三遍的……幻听……

麻老五，我操你八辈子祖奶奶！

他发狠地在心里骂着。

唉唉，你骂人家麻老五干什么呢？

另一个他自己，在他内心里和他辩论——若反过来，你是麻老五，麻老五是你，你能不逼你自己还债吗？两万元并非小数哇！那也是人家麻老五立了字据画了押，从县里别人手中借来的，不过转借给你，又加了二分利罢了。现如今，谁白将两万元借给谁呀！若是他借的公款呢，那更不得不逼你还了！挪用公款放高利贷的事儿，你听说过的还少吗？那是冒犯法之风险的啊！冒风险还不作兴图几分利么？现如今不是讲究风险报酬吗？……

"柱柱！……"

"柱柱！……"

他又叫喊了两声，意识到自己很愚，不再叫了。服了三片安眠药的小孙孙，怎么能听得到呢？若能听得到，不早哭了？

像一条狗似的，他在"塔头甸子"之间爬来爬去，瞪大眼睛寻觅足迹。双手插在雪中，竟一点儿也不觉得冻手了。

终于，他寻觅到了他和女人的足迹。

终于，他寻觅到了孙子——静静地靠着一个"塔头",就好像包着的不是生命,不是任何活的东西。

扑过去,将那被包紧紧搂抱在自己怀里,他咧嘴笑了。只笑了一下,他将脸压在被包上哭了。低低的,他发出一种难以遏制的,呜呜咽咽的,令人怜悯的哭声。

被包在他怀中毫无声息。

"爷的孙,爷的孙,爷对不起你!……"

男人的心也在哭泣,在述说。

"爷是个不合时世的人啦,你长大,要做个能人,做个强人,做个麻老五那样的人!……"

被包的毫无声息,使这男人极度不安起来。他不哭了,惶恐地掀开被角,第二次将他的脸贴在孙子的小嘴儿上。他那冻麻木了的脸,感觉到了一丝温气。感觉到了微弱的呼吸。他放心了。然而他自己的脸却湿了。孙子睡得出大汗了?根本不可能!唔,天!他明白了,是雪不知怎么进入到被角下面,融化在孙子那张小脸儿上!

"爷的孙,爷的孙,你可是受了苦哇!"

他用匕首挑开棉衣,扯出一片棉花,轻轻地、小心翼翼地沾去孙子脸上雪化的冷水。

月光下,孩子那张小脸儿,眉舒目合,很静穆的一种模样。

"他爹，他爹，柱儿咋了？咋了啊！……"

女人不知何时也奔回来了，跪在他对面。

他复用被角盖住孙子的头，瞪视着女人。他的本意，是向女人表达出一种严厉的警告，却反被女人把自己吓住了。

女人的头巾松落在脖子上，不受拘拢的头发，散乱异常。一缕头发垂遮着女人的半边脸，不见了一只眼睛。月光下，女人的另半边脸，不是显得白，而是显得青。女人的另一只眼睛，睁大得可怕，也正瞪视着他。那眼里，射出预备跟谁人、跟什么东西拼命似的又凶恶又残忍的目光。使他觉得恐怖，使他从心里往外打了个寒战。而女人的嘴，半张着，似要喊叫，又似在冷笑。这时候的他的女人，简直像一头丢失了崽的母狼人！

如果她不是他的女人，他一定会放下孙子就举枪。

女人又整个儿像脖子上还套着绳套的吊死鬼。

女人第一次这种样子猝现在他面前。

他简直有点儿怀疑，她究竟是不是自己的女人？抑或真是一个吊死鬼，已害死了他的女人，这会儿变成他的女人的模样，又想接着害死他和他的孙子？

他觉得周围鬼气森森。觉得那一颗颗惨白的骷髅头似的"塔头"，似乎都在开始动弹。

"你！走开！……"

他吼，双臂将孙子紧搂在胸前，猛然站了起来。

"咱孙孙，到底咋样了？！……"

女人也紧跟着站了起来，扑向他，夺孩子。

他一掌将女人推得连连倒退数步才站稳。

"活着！……"

从牙缝里挤出这两个字，男人拔腿就走。

"活着……老天爷保佑我们啊……"

女人将遮脸的头发撩向耳后，梦呓般自言自语着，深一脚浅一脚跟随着男人。

走到自行车旁，男人闷声不响地将孩子送在女人怀里。

"还我抱吗？"

"屁话！你不抱，难道我抱？"

女人接过孩子，又说："你不会对我好点吗？到这般地步可不怪我。"

男人瞧着女人，忽然举起一只手。

女人以为男人打她，将头往后一仰。

他却没想打她。

他用一只手解开套在她脖子上的头巾，搭在她肩上，说："扎好，别像绳套似的套在脖子上，我看不惯！"

"我抱着孩子,叫我怎么扎?"

女人笑了。

即使在今晚这种情况之下,只要他对她的态度稍微好点,她的心就踏实。她对她的男人依赖惯了。此时此刻,他在她心中也仍是个人物。是个落难的人物。就像老百姓们常说的——"蛟龙困在了海滩上。"而她自己,她想,走哪儿,都可以大言不惭地讲——我是党支部书记的女人。逃债归逃债,支书可没谁撤。正如他看重孙子一样,她看重他是个党支部书记。中国偌大的天下现如今毕竟还是共产党的。离家前,她将他过去二十多年中所有保存下来的荣誉证书,都瞒着他打在包袱里了。她看待那些东西的心理,很有些像解放前在"帮"的人看待本帮的"柬子",这女人虽然也朦朦胧胧地感到时世确乎有些改变了,但没出过远门,连县里也很少去,因此还只能用她早已习惯了的逻辑去思维。

男人替女人扎上了头巾。这会儿他又不觉得她像吊死鬼了。他明白,刚才她那种可怕的样子,完全是由于丢弃了孙子的惶恐所致。

男人喟叹了一声。

女人说:"你把那包袱捡过来啊!"

包袱滚在十几米以外,包着些破东西,象征着全部家当。多少还能让人看得上眼的东西,早都被麻老五掠去了。

男人没去捡那包袱,说:"别要了。"

女人坚持道:"得要。"

男人又有点儿火了:"听你的还是听我的?"

女人嗫嚅地说:"东西扔了我倒不怎么舍不得,包袱里还有你那些当过代表的证书呀!……"

男人冷笑道:"那些,如今加一块堆,连包烟也换不来!上车!……"

穿山风是凛冽的,它并不嘶号,并不呼啸,根本听不到风声。整个山谷似乎早已被它冻僵了,冷固了。它仿佛要静悄悄地、绝对安宁地,将一切在这个夜晚走入山谷的活物,制作成硬邦邦的冷冻标本,保持原样地封存在山谷这天然的大冷库中。

找到了孙子之后,男人最想找的是皮帽子,却没找见。

他们艰难地朝山谷里行进着。

月亮在天穹上俯视着他们,饶有兴趣地俯视着他们,如同俯视蠕爬在高贵的白地毯上的蟑螂……

"你跟我出来一下。"

"外边猴冷,出去干啥?"

"我有话对你讲。"

"在这儿就不能讲?"

"不能讲。"

"怕谁听?"

年轻轻的丈夫,环视着候车室内的人,一个个都半睡不睡。什么秘密的话非出去讲不可?

但小妻子固执地说:"反正得出去才告诉你。"

"那我不想听了!"

他不再理她,掏出半包烟,吸烟。

她将他刚吸了两口的烟夺下,扔在地上。

他瞪着她,忍隐着不发作。

她倏地站了起来,将大衣从他身上扯过,披在自己身上,独自走了出去。

他望着她走出去,坐着未动,又吸着了一支烟。

他听到外面传来她的哭声,很绝望、很凄楚。

"妈的!……"

他自己愤愤地扔掉了第二支烟,站起来,也走了出去。

他见她的身影站在一棵树下,走过去,压抑着恼怒开了口:"说!"

她赌气地一扭身子,往另一棵树走去。

"你! 找打了呀?……"

他跟至另一棵树下,将她逼迫得紧靠在树干上。

"说!"

她面对面瞪着他,咬着嘴唇,泪潸潸下。

"你倒是说呀!"

她终于开口了,说得相当镇定:"我有了。"

"你有什么了你!"

"孩子。"

"孩子?这不可能!你胡说!生了儿子之后,爹不是逼我为全村男人做榜样……"

"不是你的。"

"不是?……不是我的,那是谁的?!"

"我表舅的。麻老五的。"

"他……他……他到底是你表舅哇!……"

"我也没说他不是我表舅……记不起多少次了,反正我怀上了他的种!我这一路,要是熬不过流落异地他乡那份儿苦,有个三长两短,你得牢记着替我……向我表舅报仇!……"

他呆了,如同一根木桩。

"就这话……"

她嘟哝地又说了一句。

突然他揪住她的衣领,发了疯似的,一个虐待狂似的,一个欲置人于死地的复仇者似的,使劲儿将她的身体往树干上撞!

她一声不叫,也不反抗。

他一声不吭,也不咒骂她。只是一下接一下,使劲儿将她的身体往树上撞、撞、撞……

终于她被折磨晕了,身子软绵绵地往地上瘫。

他也没力气提住她了,双手一松,她无声地靠着树干瘫在树根下。

树上的雪挂,一阵阵落。落在他身上,也落在她身上。

他和她像两个雪人一样——一个立着,一个颓倒。

不远之处,有人在望着他们……

"你就杀了我,也算不得你是个男子汉大丈夫……谁叫你爹欠了麻老五两万元,让人家逼得偷偷摸摸、深更半夜逃债!"

颓倒的雪人这么说。话语中充满了鄙视和轻蔑。

立着的雪人一动不动……

"那警察"一回到值班室,女站勤就迫不及待地问:"那小两口,鬼鬼祟祟地到底怎么回事儿?"

"他们说逃婚,我压根儿就没信!果不其然,耿福全一家逃债,让他儿子和儿媳妇打前站!"

"欠了什么人的债呀?"

"还能欠什么人的债?麻老五呗!那小媳妇肚子里怀上了麻老五的种……"

"那还不好?算那小媳妇的造化!麻老五的种能是孬种吗?若我,就在心在意地怀着,将来世上必定又多一位小麻老五,又多一位能人,又多一位财神爷!……帮我把这点毛线缠完……摘了你那双脏手套!哎,你说我们那口子穿这种色的合适不合适?……"

不知"那警察"回答了句什么话,惹得女站勤嘎嘎一阵大笑,骂道:"死没正经的,老娘才不稀罕你哪!……"

逃债的男人和女人艰难行进着的野路两旁,并不高大的山的雪白漫坡上,一眼眼小煤矿的矿洞,像稚拙的儿童用墨汁浓重的毛笔画出的嘴。南南北北,上上下下,一处处没个顺序,也没个正规形状。有的"嘴"似在哈哈大笑,有的"嘴"似在哇哇大哭,有的"嘴"似在打喷嚏,有的"嘴"似在叫喊,有的"嘴"似在呼唤……静悄悄的寒冷的这一个夜里,看去仿佛有无数的人躲在倾斜的白幕之后,咬破幕布,只将嘴暴露在幕前,咧成张成林林总总千奇百怪的样子,同时演出着不可思议的超现实主义的哑剧。

每眼矿洞前都竖着一杆旗,旗杆都很高。旗帜形形色色。上面写着或绣着张、王、李、赵等等大字。标志着那些能往外吐钱的"嘴"归何人。有风的时候，旗帜迎风招展，哗哗啦啦的旗帜的争相歌唱响彻山谷。今夜无风。山谷腹地的凛冽是由渗遍了空间的寒流造成的。那些旗帜都纹丝不动地垂着，卷掩起那些时来运转的姓氏。

一株老树的枯瘦的枝杈，栖落着十几只乌鸦。附近就这么一株孤零零的老树，它们栖落得太久了，已由黑色的变成了白色的，好像老树生了许多白色的大瘤子。

逃债的男人和女人没注意到乌鸦们的存在。而它们却早已在居高临下地观望着他们了。当他们从树下经过时，它们纷纷发出了"哇哇"的怪叫，骤然间飞起，抖尽身上的雪，复变成黑色的，在他们头顶盘旋。

精疲力竭的男人站住了，和女人悸怖地抬起头。

乌鸦们在他们头顶盘旋了一阵，纷纷地，一只只从容不迫地，又归回到那株老树上。

它们不祥的叫声在山谷间回荡。

待男人和女人收回目光，发现有四个身影排开在他们前边，挡住了他们的去路。

"支书，恭候多时了！"

最粗壮的一个身影，朝他们迈了一步。

麻老五。

分明的,四个人都预先隐蔽在麻老五的帐篷里。

拖腔撇调,麻老五客客气气的语势中,包含着毫不掩饰的挖苦。

女人立刻从车后架上蹦下来,不知所措,将孩子抱得更紧,惶恐地往男人身后藏。

男人愣愣的,双手仍握着车把,完完全全呆住了。

"支书,你还背着枪干啥?准备用枪杆子对付我麻老五?"

"……"

"现如今不搞阶级斗争啦!"

"……"

"再者,你能论得明明白白,你代表哪个阶级,我又代表哪个阶级吗?"

"……"男人将车蹬子一踢,架稳车。随后默默地,从肩上取下了猎枪,靠着车后轮放于地上,表示出和平谈判的意思。

"你们,打算怎么样?"

"不打算怎么样。只是,请您回去。"

男人摇头。

麻老五又向前迈了一步。

其余三个人,助威地跟了上来,分立在麻老五左右,仍一字儿排开。

逃债的党支部书记此时看清了——其中一人，不是别人，正是支委韩喜奎。

他一切都明白了。

"喜奎，是你报的信儿？"

"是我，支书。"

韩喜奎半点儿也没有对不起他的内疚的意思。

"我们可都是党内同志，你胳膊肘往外拐？"

他由于被自己最信任的人所出卖，恨得一颗心仿佛随时会在胸膛里炸裂。然而他的话说得极平和，只有种悲哀的调子。

"支书，理不是这么个讲法。五哥是我老板，我若对得起你，就对不起我五哥了。"

"你！……"

"支书，在党内，我是党的人。也可以说是你的心腹人。在党外，我是五哥的人。也可以说是五哥的心腹人。而眼前这桩事儿呢，纯粹是党外的事儿，你说我胳膊肘不向外拐向哪儿拐啊！"

韩喜奎振振有词。不过，那话却也说得极平和。甚至可以认为，在这种情况之下，对他也仍怀有着往昔的敬意。

麻老五又开口道："支书，跟我们回去吧！您得听我们的话。您不听话，不是在逼我们对您动手动脚吗？"

"不。"

很坚决的一个字,然而声音很小。

女人一直隐在男人身后,连口大气儿也不出,不存在似的。

"要是真不呢,可就让人怪不忍心的了……"

麻老五不动声色,背在身后的一只手,以摊底牌的动作,缓而慢且稳操胜券地移到了身前。

手里握着一卷绳子,一截绳头悠悠地摇着。

"支书,听话,啊?听我五哥的话,回去吧,啊?还是听话的好。不听我五哥的话,那像什么样子呢?……"

韩喜奎劝说着,如同哄一个犯拧脾气的孩子。

"对,对。别不懂事理。支书也得懂事理呀,不回去是不行的!"

"杀人抵命,欠债还钱,古往今来……"

"住口!"男人愤怒了,"我与麻老五之间的事,与你们有什么相干?我只欠麻老五一人的钱,没欠下你们几个的!帮狗吃屎的东西!……"

"你骂我是狗?"

麻老五手中的绳头不摇了,语气中充满了威胁。

"我……我没骂你……"

这当支书的男人,顿时气馁了。

"骂我们也不行!老五的事,就是我们的事,我们就是愿意为他两肋插刀!"

"你别惹爷们儿不耐烦!……"

麻老五垂下握着绳子的那只手,举起了另一只手,于是两个"帮狗吃屎的东西"立刻缄口了。麻老五的威严,在逃债的这一个男人面前,在曾有过至高无上的权力的这一个男人面前,在此时此刻,体现得那么恰当又那么令人信服。

企图逃债的这一个男人的最后一点自尊心,彻底崩溃瓦解了。

"耿福全,你得把刚才那句话解释清楚了!你不是骂我,是骂谁?"

"……"

"五哥,叫他承认,是骂他自己!"

"对!非叫他承认是骂他自己不可!欠了你两万元,想一逃了之,还……"

麻老五的手又一举。

说话的嘴巴闭得比眨眼睛还快。

他痛苦地耷拉下了他的脑袋。

从前,他也曾有过如此这般的威严。而现在,尤其此时此刻,他一点儿也没有了。他曾有过的威严,是被麻老五偷去了抢去了!就这么回事儿!

"听见了？你得承认你是骂你自己。"

冷冰冰的毫无怜悯之心的话。

"我……我……"他无可奈何地嘟哝，"算，算我骂我自己……"

"算吗？"

"是……"

"这还差不多。那么，请回吧！"

"我……你高抬贵手，放我一条路……"

"唉……"麻老五居然叹了一大口气，仿佛更进退两难的是自己："你呀，你这人怎么这样糊涂！我若放你一条路，我那条退路不就等于没了吗？"

对方叹那一大口气，使他于绝望之中产生了一线希望。他那耷拉着的脑袋，马上就抬了起来。

他急急地说："你放我这一条路。你放我这一条路对你有好处！我到异地他乡去，不是为了逃你的债，是为了还你的债！我要带着妻儿老小，闯世界，舍着全家人的命挣钱，攒钱……"

"中国这么大，三十多个省，千儿八百个县，现如今，没户口也能活人了，你就是吉星高照，发了，我哪儿找你呀？"

"我若发了，仙山神地，我也不留恋！我耿福全一定一定揣着两万元回村来见你！你得相信我！"

"我凭什么相信你?"

"我起誓!"

"这年头,谁信谁的誓呀?"

"我……我以我是一个共产党员、党支部书记……"

"得啦得啦!"

麻老五终于厌烦起来。

"我以我祖宗八代……"

"真啰唆,不信就是不信!"

"我……我……"这一个企图逃债的男人,这一个村党支部书记,再也无话可说,双膝一弯,分明地,他给当年受他任意摆布的村民麻老五跪了下去。

一时间,山谷变得那么寂静。世界变得那么寂静。

连栖在老树上的乌鸦们,想叫,都不叫了。

麻老五等大为出乎意料,怔怔地,低头瞧着跪在他们面前的这一个男人,简直都有点儿不能相信那就是他,那就是从前凌驾于他们之上,如同一尊佛爷似的,头顶笼罩着某种神圣光圈的那个人。

"哎呀,支书,您这……您这是何苦呢?犯不着这样子吗!快起来,有话好商量,快起来……"

韩喜奎第一个动了恻隐之心。他慌慌地弯下腰,想扶起他的党支书。可他的手刚碰到他的入党介绍人的身体，顾忌到了什么，扭头看麻老五一眼，见麻老五并没有明显的允许他这样做的意思，双手不由得畏缩回去了。

"我……我是觉着……"

他欲解释什么，因为倏忽间，他感到在他的"五哥"面前，自己已然丧失了立场。而且很可能由此永远地失掉了对方的信任。

他识趣地直起腰，尴尬地后退了一步。

"嗤……"

四人中，有一个人打鼻孔里喷出一声讥笑。

最不敢相信眼前情形的，还是那个女人。她生平第一次意识到，她的男人从此真的再也不足以依恃了。她似乎明白了，前面已经没有一步好走的道路了。

她放下了孩子。就放在雪地上。

"别来这一套！……"那男人此时此刻的软弱，不但没能使麻老五动容，反而使他心肠更硬，态度更蛮横，语气更冷："你这一套是跟我学的！想当初，我女人怀了第三胎，我死活求你，你对我发过一点儿慈悲吗？我不是也给你跪下过吗？我还给你磕过响头；可你却派人生把我老婆捆着绑着送到了医院……结果真是我个儿子！……你害得我断子绝孙！……"他越说越来气，吼道："你们几个还愣着干什么？给我绑了！今天牵牲口一样，也要把他牵回去！……"

突然,那跪着的男人,听到了一声轰响。同时觉得有些黏乎乎的东西溅了自己一脸。如他一斧劈死他的老狗时,溅在脸上的东西一样。

他微微吃惊地抬起头,见站在他面前的麻老五,没了脑袋。没了脑袋,麻老五那粗壮的身子,却仍叉腿站立着。一只手里,也仍握着那卷预备用来捆绑他的绳子。

一股火药味混和着一股血腥味儿扑入他的鼻孔。

他侧脸看他女人——双筒猎枪端在女人手中,一支枪筒往外冒烟。

枪膛里,还有一颗子弹,也是专用来猎杀野猪的很厉害的"炸子儿"。

又是一声枪响。

女人的脸比方才在"塔头甸子"使他感到可怕时更其可怕。

麻老五那没了脑袋的身体,像被人使劲一推,直挺挺地往后倒去,倒在雪白的地上。

哇!哇哇!……

老树上的群鸦乍起惊飞。

"她!……"

"打死她!打死她!……"

男人跪在雪地上挣扎不起。

他眼见他们扑向了他的女人。耳边听到一阵乱石砸在软物上的闷响——又是那一种黏糊糊的东西溅在了他脸上。

"我……我没动手！没我的事！没我的事！……"

是韩喜奎的叫喊。

"没我的事！没我的事！没我的事！……"

叫喊声渐渐远去，山谷间响着经久的回音。

终于，一切归于宁寂。

终于，男人挣扎了起来。

终于，乌鸦们不知从何处飞回来了，却疑疑惑惑地，不敢重新栖落在那株老树上——树上吊着一个人。

哇！

哇哇！……

它们在树顶盘旋。

雪地上，那孩子一点儿声息也不发出。

新鲜的血腥味儿在山谷间飘散开去。

远处，传来了几声狼嚎。

一双双绿色的眼睛，向这个地方接近过来……

小县城火车站，"那警察"说正点到达的火车晚点了——因为一个女人卧轨……

/ 大　鸟 /

大鸟不是鸟,大鸟是个人,还是个男人。

现在大鸟什么都不是了。死了。

大鸟的死属于非正常死亡。因为他是被枪毙的。这一种死法,要算一切非正常死亡中最"非正常"的了。

大鸟是我朋友。不,这样说似乎不太符合实际情况。或者应该更准确地说,我被大鸟认为是他朋友。总之我觉得二者之间是有点儿区别的。

大鸟没有什么朋友。所以自从我被他认为是他朋友之后,我也就只能充作他朋友了。

大鸟的唯一的朋友,当然也就是我,是不能不对大鸟的死心生一缕悲哀的。这怕是被某人认为是朋友的人,对某人的一种义务吧?

大鸟是我的大学同窗,或者反过来说,我是大鸟的大学同窗。这一历史事实是由当年的历史安排的。后来我成了他的朋友,却没历史什么干系……

大鸟姓曲,叫曲海江。他的父亲当年是某军区政委。军职辖政,在"四人帮"时期曾显赫一时。按古比今,他属"正黄旗"弟子。当年我们一些"红后代"都很嫉妒他,嫉妒他还又巴结他。

他生性追求享乐。经常邀四五学友,到离大学不远的饭店"撮一顿"。出手阔绰,少则七八元,多则二十几元。当年人民币很对得起人民,二十几元能点一桌子菜。对大学生来说,岂止算是阔绰,简直等于奢侈了。他还好色。有几分姿色或自以为有几分姿色的年轻女性,包括校园内的,十之八九也都常常是乐意青睐于他的。他仪表堂堂,风流倜傥,桃花运稠。分不大清究竟是他"猎"她们,还是她们"猎"他……

我们虽同在中文系,但并不在一个专业。我属创作专业,他属评论专业。同窗乃广义而言。他高我一届。在欢迎我们那一届新生的联欢晚会上,他的英俊和他的节目,给我留下极深刻的印象……

"下面,是大鸟精彩的'口奏'表演……"

未等主持晚会的人将要说的话全说完,掌声便响成一片,经久不息。显然许多人早已期待着了。

热烈的掌声中他从容亮相,一米八左右的个头儿,穿一身将校呢军装,脸膛方正,浓眉大眼,仿佛光往众人面前一站就是一种风采。用今天时髦的话形容——特性感,帅气十足。好像他很明白这一点,神气骄矜。我觉得周围的空气都热乎乎的了,我周围坐的尽是女生,空气无疑是被她们的情绪搞的。

所谓"口奏",是以类乎口技那一种技巧,靠他的神奇的舌头"演奏"的交响乐。

他先"演奏"的是革命交响诗《黄河大合唱》片断。

他嗓音洪亮而高亢,感情很充沛、很投入,抑扬顿挫,似受名家训练,颇得朗诵要旨。

> 朋友,你到过黄河吗?
> 你听过黄河之咆哮吗?
> 你听过船夫们与惊涛骇浪搏斗时
> 呼喊出的号子吗?
> 如果你没有
> 那么请听吧!……

朗诵之后,他倏舒长臂向观众中一指,当时我觉得他所指正是我。我想我周围的每一个人,大概和我一样,都觉得指的是自己。

他说:"钢琴起……"

于是我和众人听到了那种令人回肠荡气的劲指击键之声……

于是他开始"弹"一架任谁都看不见的钢琴,它仿佛确实存在着。激越的旋律仿佛并非是从他口中发出的,而确实是由一架钢琴发出的,由一架与大师级演奏家相匹配的钢琴发出的……

于是他仿佛变成了殷承宗……

他双腿站得极稳,生了根似的,上身却前俯后仰。那是绝非一般人所能做到的,需要相当过硬的基本功。他两臂左起右落,时展时收。十指弹抹点按,惟妙惟肖。他那张口忽开忽闭,闭口时腮部微微嚅动,做殷承宗式的咀嚼状,而旋律便从鼻孔发出。开口时两眼也同时睁大,仿佛真看到了黄河,也看到了出生入死着的船夫们……他的表情他的动作瞬息万变,逼真而夸张。他整个人进入一种出神入化走火入魔的境界……

"小提琴介入!"

于是钢琴渐弱……

于是小提琴声顿起……

非是一把,而是至少五十把小提琴的整齐和弦……

于是他又成了李德伦,成了盛中国。交替扮演着指挥家和小提琴家的角色,两种角色相得益彰、相映成辉、相映成趣。两种潇洒两种风度直看得人们目瞪口呆,直听得人们神智恍错。我当时觉得那情形近乎猛烈的催眠术——他一个人对三百多人的大家进行的,还有一半人是外系的学生。他们当然不是为中文系的新生而来的,纯粹是冲着他一个人的吸引力而来的。当然你也可以想象那情形近乎跳大神儿。但是跳大神儿的无法带领着一支庞大的隐形的交响乐队,也达不到他那么高的模仿音乐艺术家的水平……

"大提琴!"

"圆号!"

"主旋律突出!渐强!更强!最高潮!"

忙里偷闲的,他还能胜任解说……

"划哟划哟划哟!"

最后他又成了一名舞蹈者……

一边继续"口奏"一边"划哟"……

于是众人跟他一齐喊——"划哟划哟划哟!……"

跟他一齐体验战胜惊涛骇浪之后的喜悦,并和他一齐发出胜利的欢呼……

今天想来,当年大家之所以那么喜欢他和他那一种特殊的表演,也许很大程度上是因为那一种观赏相当刺激。以当年而言,其刺激性肯定大于劲歌劲舞。当年是阶级斗争和路线斗争的年代。阶级斗争和路线斗争也人为地创造出许多的刺激,但毕竟是风险性很大的刺激,对人们的心理影响毕竟首先是人人自卫唯恐不慎唯恐不及。所以也就不能怎么真的喜闻乐见。大鸟则不同了。显然的,当年人们特欢迎他带给人们的格外的那一份儿刺激。何况他和大家,都可以打着弘扬革命文艺的招牌,肆无忌惮地追求一场又一场高潮。在这一点上,我深信他和大家每一个人都是有某种心照不宣的默契的。

你可以想象他是当年的、中国的、阶级斗争和路线斗争的火药味儿日愈浓烈的大学校园中的,即使不被鼓励也不至于被禁止的、帅赳赳虎彪彪一个男性的——麦当娜。

按照晚会主持者的节目安排,其实只给了他表演《黄河大合唱》片断的时间。

可是观众哪能相依呢?

大家拍桌子,顿足,一片声地喊:

"大鸟,再来一个!"

"大鸟,再来两个!"

"大鸟,'打虎上山'!"

"大鸟,'捉鸡'!"

他气喘吁吁。他出了满头汗。看得出来,他很累。那样子跟刚刚独自一人卸完了一卡车货物差不多。当然的,他同时获得了极大的心理满足。

他企图夺门而出，想逃离教室。但有几名同学早防备着了，他们预先堵在门口，使他逃不成。

他笑了，笑得有几分无奈更有几分愉悦，因而也就笑得腼腆笑得可爱。

他很帅地甩了一下头，汗珠四溅，落在最前一排人的脸上身上。

他们体恤地说："大鸟累了，让他歇几分钟吧！"

"下一个节目……"

主持人不失时机地想要取而代之，继续下去，可是遭到了一片嘘声。

人们又拍桌子顿足表示反对。乱吵吵乱嚷嚷——"不许扭转大方向！"

大鸟倒同情起主持人来了。

他庄重地说："感谢大家的鼓励，再露一手！"

于是大家鼓掌。

于是大家不约而同，齐声为他背诵毛主席语录——"下定决心，不怕牺牲，排除万难，去争取胜利！"

于是他又"口奏"《打虎上山》和革命现代舞剧《沂蒙颂》中《捉鸡》一场——仿佛将一只任谁都看不见的"鸡"捉得满教室飞蹿……

晚会结束后，我们的辅导员老师陪着我们几个男生往宿舍楼走。

我们问他那位"大鸟"同学叫鸟什么？

他忍俊不禁，说百家姓中哪有姓鸟的啊！说他姓曲，叫曲海江。

我们自然要追问那为什么都叫他"大鸟"？

辅导员老师笑而未答……

几天后的一个晚上，我正独自在宿舍里看书，有人敲门。敲得很神秘，三下一组，一轻两重，仿佛联络暗号。

我以为是同宿舍的人百无聊赖，未予理睬。

"梁晓声同学在吗？"

一个女性的甜甜的声音在外面问，音质美得悦耳，宛如莺啼。

我便不能够再独自寂寞得住，立刻起身去开了门。门外站的竟是大鸟。除了他，连个女性的虚影儿也不见。门上，图钉按着一张卡片，卡片上写有我们这一宿舍六名同学的姓名。我的姓名荣占鳌头，这一点是新生宿舍的传统。我立刻明白中了他的计，不禁有几分羞恼。

他问："梁晓声是你？"

我说："是我。"

他见我并没有打算将他请入的意思，也不在乎，又问:"咱们这幢楼怎么静悄悄的? 鸟人们都到哪去了?"

我说:"无可奉告。"

他的身材比我高得太多。他研究地俯视着我,指指门上的卡片:"这个鸟梁晓声真是你?"

我说:"滚你妈的!"将门"砰"地一关,插上了。

我以为他会大怒,会踢门,会在走廊里反骂……

他却没有。他的脚步声在门外徘徊片刻,若有所失地离去了。我想他这么一位受众宠惯了的人物,肯定不曾被当面骂过。我想肯定是我把他骂蒙了。这想法使我很有些快感。

"你看什么鸟书哪?"——我们宿舍在一楼,声音发自窗前,我当时正坐在窗前,冷不丁听到这么一句,吓了一大跳,猛抬头,又是他,隔窗笑嘻嘻地瞅我。

我骂了他,他不但没生气,反而对我表示亲和,使我感到很尴尬、很自责,甚至开始有那么点儿受宠若惊了。

我说看的是《拿破仑传》。

"有意思吗?"

我说挺有意思的。

"你为什么骂我?"

我说我不喜欢别人跟我开低级的玩笑。

"你把我当成一个爱开低级玩笑的人?"

他一纵身,坐到了窗台上。

我说那倒不是。我请他原谅。我告诉他礼堂放映电影,人们全都看电影去了。

他问我怎么不去。

我说是放阿尔巴尼亚电影《宁死不屈》,我早看过不知多少遍了。反问他何以不知道礼堂放电影?

他说他到他父亲的一位老战友家住了几天,刚返校。

我想他可真自由,想到哪儿住几天,就可以去住几天,似乎根本不受什么管束。并且对他能享有的这一种特权,内心里产生了几分妒意,和几分愤愤不平……

他又问我,如果是一部"内参片",比如一部美国片《冷酷的心》,我愿不愿看?

我说那还用问!

他就从我手中夺过书,抛在我床上。随即将上身探入室内,两手插我腋下,像提一件东西似的,隔窗把我提到了外面。

我瞧着他目瞪口呆。

他替我掩上窗,搂着我肩说:"走,陪我去看《冷酷的心》。我有两张票,正愁找不到伴儿。"

那是我生平第一次看"内参片"。一种幸运感油然而生。

他说以后这种幸运的机会全归我了。他不打算再转移给别人了。他说有些人太不可爱,明明沾了他的光,背地里却还要散布些关于他的飞短流长。

他问我听到些什么关于他的谣言没有?

我说我刚入校门,哪儿会这么快就传入我耳中呢?

他希望我听到了也别相信,说他并不在乎,只不过有时候觉得讨嫌。

我向他保证我绝不令他讨嫌。

于是他大孩子般地高兴起来,非要请我吃夜宵,点了六七样菜,两盘五香鸡头和几大杯啤酒。

他喝啤酒像喝凉开水,一口气儿一杯。他那么爱啃五香鸡头,啃得很技术、很斯文、很儒雅,和某些爱吃和善于吃蟹的人一样在行。两盘二十个鸡头,我只啃了三个,还是在他的鼓励和督促之下解决的,其余的全让他自己解决了……

在我心目中,他该是个极不寻常的人。因为他是一个正宗"高干子弟",是我所实际接触过的最"高"的一个。起初我看他,觉得他有光环,和他在一起,那光环逼射我。渐渐地我开始觉得他其实很寻常,尤其是当他喝了许多酒之后更寻常了。因为他醉意醺醺的时候和最寻常的人一样，话多而且话题琐碎。这使我的心理获得了极大安慰。

我学他的口吻，指着他的鼻子不恭地说："你他妈的这个鸟人呀，其实没啥了不起！甭以为我会把你当成个人物……把你……当成个狗屁人物！……"

尽管我没喝多少酒，但是也醉了。借着那股七分真三分假的醉劲儿，我索性放肆一把。他醉了的时候变得寻常了，我醉了的时候和他恰恰相反，变得不寻常了。自我感觉不寻常了的我，便能说出些自认为不寻常的话了……

他在我肩上重重地一拍，接着将整条手臂搭在我肩上，亲密地搂着我说："对，对。我他妈……是个狗屁！……来，为我是个狗屁……干杯！……我父亲……至今……认识的字超不过五六百个……小学一二年级文化程度……你说，可……怎么办？"

我说："没……办法……谁让你……摊上了呢……"

我心里清楚我没他那么醉。我因我自己说出的话感到困惑——他摊上那么一位父亲，再夸大其词地说也不能认为是不幸，而他居然觉得委屈觉得可悲似的，而我还装模作样对他表示同情！

他说他在部队当过兵，会开车，会开炮。说给他架飞机他也会开，敢开……

他说他在军区文工团里也混过几年，会弹钢琴，会拉大提琴，会拉小提琴，他几乎一切乐器都摆弄过。在各大军区汇演中，还充当过乐团指挥……

他说他父母总希望他爱上一行，专上一行，要么成名成家，要么当官。他说当官这条路，他觉得太熬人，不是适合他走的人生路。若让他从连长当起他才不干，给他个团长当当他也觉得太小，又不太可能谁舌头一撞牙，起始就给他个司令员什么的当……

他说他本是可以在音乐方面专出点儿名堂的，就是因为对什么都不满意，偏什么都不专。

我问他究竟对什么不满意？

他说对他父母不满意。不满意他们对他总抱有那么多的那么急迫的希望，不满意他一次次使他们失望，而他们却一种希望落空了，成为泡影了，不久又对他抱有新的更急迫的希望。他说他也对自己不满意，不满意自己的不争气，不满意自己明明有条件有能力争气也不争的生活态度……

他说着说着哭了，哭着向我坦白自己那一天自尊受到了极大的伤害，伤害他的正是他父亲的老战友的女儿。她非常漂亮，他非常爱她，而她非常瞧不起他。

那一天她指着他的鼻子说他:

"甭以为我会把你当成个人物!把你当成个狗屁人物!……"

和我指着他鼻子说的一样……

我特感动。我认为一个人在和你刚刚结识没多久时,便主动使你了解到他的某些隐秘的生活情绪和内心痛苦,那么这个人起码是值得你认真对待的。

从此我们似乎要好起来……

从此他经常邀我看"内参片",吃夜宵……

一次他对我说:"你这个鸟人,我告诉了你那么多关于我个人的事,我已经没法儿不把你当成朋友了!"

我默默思忖他的话,觉得不无道理。

对他的某些隐秘的生活情绪和内心痛苦,我守口如瓶。

因为他太习惯了把别人戏称为"鸟人",别人便以其人之道还治其人之身,回赠了他一个绰号"大陆鸟人"。后来这绰号进化为"大鸟"……

新闻系的宣传栏,某日出现了一张大字报,不指名地对"大鸟"进行批判,说他那一种所谓的"口奏",完全是对革命样板文艺的亵渎。这张大字报倒未引起什么政治性质的风波,也并未对大鸟造成什么实际的精神压迫和威胁。大鸟去看了,看后只嘟哝了一句:

"这鸟人,吃饱了撑的吗!"

他不在乎,似乎没有什么事儿真能使他在乎起来。

但是中文系的许多同学在乎,包括几位老师也特别在乎。大家认为矛头不只是冲着大鸟的,也分明是冲着中文系的。认为有种欲加之罪何患无辞的歹毒用心埋伏在字里行间。这么认为并不算太敏感太过分,符合那张大字报的本质。

尽管那张大字报第二天便被另外的大字报覆盖了,但中文系的大部分同学连日来耿耿于怀。有人终于调查清楚,炮制者是新闻系的"小春桥",一名"左"得不能再"左"因而备受工宣队器重的男生,并且是全校马拉松冠军保持者。

许多同学认为有必要对此人予以回敬,却不知该采取什么方式。大家认为那方式既应是公开的,也应是光明正大的、合法的,尤其应该符合报复行为的起码道德准则。这就够费脑筋的,比集体炮制一张反击性的大字报难度大得多。

有一天几名同学又聚在大鸟的宿舍里就此进行密谋和策划。

大鸟不主张报复,他劝大家拉倒吧。他说我大鸟都不在乎,你们在乎什么呀?

大家就火了,一齐激烈地围剿他。都说大鸟你这个鸟人,什么玩意儿啊!这么多人替你打抱不平,你反而装厚道,你他妈的多虚伪呀!再说是你一个人的事儿吗!……

他说:"你们以为我就真的不想报复啊!老子想!不过老子用不着你们这些鸟人帮我。不是就要举行全校运动会了吗?你们到时候一致推举我当咱们中文系的马拉松赛选手行不行?我大鸟一出马,那小子今年的冠军就没戏了!我保证这一项的冠军是咱们中文系的,保证能比他的速度快五分半左右……"

大家瞪着他,都不知道该不该信他。

他又说:"我不骗你们这些鸟人,我曾经是全军区野营拉练赛的亚军。去年如果我出场,奖牌就不是他的,而是我的了。今年我要得到我去年不稀罕得的奖牌。"

他仰躺在双层床上层,吸一口烟说一句,语调极为平淡。

而大家不禁听得肃然起敬。

一同学愣了半天,板着脸说:"这件事非同小可。大鸟,你若开我们的玩笑,我们就让你毕业前没好日子过!"

他说:"那咱们一言为定了。"

没人站起来看看他的表情,大家面面相觑而已。

又一同学说:"大鸟,我信你!到时候,咱们组织全系都去做你的啦啦队,为你呐喊助威。你那一天可一定要争气啊!"

他说:"多谢了。不过我根本不需要你们这么热忱。我得到原本应该属于我的东西,犯不着劳师动众的。"

大家又是一阵面面相觑。

他从上层床垂下一条手臂,手夹着烟,食指一弹,烟灰飘散在大家头顶。

当时我也在场,我觉得无论冲着他,还是冲着我是一名中文系的学生这一点,似乎都不应该始终沉默,似乎都得发表看法才对。

于是我说——我反对全系都去做大鸟的啦啦队。既然他稳操胜券,我们岂非显得多余?也许大鸟的获胜,还会被认为是情绪可卡因偶然制造的奇迹。恰恰相反,我主张全系那一天都去为对方呼喊助威。既然对方必败无疑,偏偏让他在我们中文系为他呼喊助威的啦啦声中,最终败给我们中文系的选手,那是一种什么情节?那样的情节才是大手笔的构思。退一步说,如果大鸟不幸输了,也输不掉我们中文系的体面。说不定我们还能获得一面比赛风格奖旗……

对我的话,大家保持了好一阵子令我难堪的沉默。

终于有一个人以充满道德感的语调说:"那对大鸟

是不是太……"

大鸟说:"好!高!我喜欢这个杰出的构思。"

他那条手臂仍垂着,烟仍在手,食指再次一弹,又一片烟灰飘散在大家头顶……

比赛那一天,场面很隆重。马拉松是众目所瞩的项目,全校都对中文系的古怪热忱莫名其妙,匪夷所思。

中文系打出的大小横幅上,全都是为新闻系的当然选手——全校冠军增添信心的文字:

"×××,不获胜,毋宁死!"

"×××,让事实证明,冠军仍非你莫属!"

"×××,奖牌在向你微笑!"

新闻系的学生,或者以为大鸟因为什么将中文系的同学全得罪了,或者以为中文系的学生全精神失常了。

他们都显得很亢奋,很幸灾乐祸。

别的系也有些同学很替大鸟难过,很是同情于他。一个人的人缘恶到这种地步,细想想,却也着实的令人同情呢!

上届冠军频频向观众招手,既向新闻系招手,也向中文系招手,仿佛他已经又得了冠军似的……

众目睽睽之下,大鸟一副被逼上场,被彻底出卖,被羞辱与被损害的无精打采的可怜模样……

枪声一响,中文系的学生发出排山倒海、声震九霄的呼喊:

"×××,加油!"

"×××,加油!"

"×××,快快快!×××,要争气!"

那一项所谓马拉松,不过是在运动场内进行的十四圈长跑而已。在前十圈中,大鸟一会儿跑于对方前面,一会儿跑于对方后面。他跑于对方前面时,跑得跟跟跄跄、摇摇晃晃,仿佛力气早已耗尽,随时可能一头栽倒的样子,还频频回头看对方。他跑于对方后面时,张扬着双手仿佛溺水者要抓住什么救命的东西,仿佛随时打算放弃竞争,退出赛场的样子。连我们几个参与过密谋的人,也搞不清楚他那是真的还是一种表演。可是往往正当中文系的同学对他彻底绝望时,他令人不可思议地又跑到对方前面去了……

从第十圈开始,他突然长劲十足,一往无前地跑起来。当对方刚刚跑到十二圈,他已快跑至终点了。不过在距离终点一百多米处,他不往前跑了,而转身往回跑,跑至对方旁边,陪同着对方跑……

中文系的学生们那种欢呼那种开心的情形简直没

法儿形容!

"×××,加油!"

"×××,快快快!"

排山倒海、声震九霄的喊声一浪接一浪……

"×××,不获胜,毋宁死!"

"×××,让事实说话,冠军非你莫属!"

中文系的几名学生站起,将大小横幅高高擎举,全体一齐向大鸟发出欢呼……

而新闻系死寂无声。

他们大概都不明白结果怎么会是那样……

大鸟仍"友谊第一"地陪着对方跑……

在中文系的欢呼声中,对方又跑了几十步,不再跑了,退出了运动场……

大鸟并没获得奖牌,裁判员们认为,他毕竟也没跑到终点,毕竟也没撞线,若发给他奖牌,似乎名不正言不顺,有违运动规则。

当然,对方也不再是冠军。

中文系的许多同学和几名老师不服,找校方理论,说二人根本不在同一运动水平线上,胜负有目共睹,还非须撞红线不可吗?

大鸟倒不在乎什么奖牌不奖牌的。

但他不在乎,别人可在乎。

到了，还是为他争了一块"友谊第一"纪念奖牌，为中文系争了一面"比赛风格优秀"的锦旗。

那块奖牌大鸟不稀罕，送给了我。

他说："你是幕后策划，功劳应该归你，你留作纪念吧！"

又说："你这鸟人，怎么想出那种点子来的呢？你是不是心眼儿很坏啊？"

我说："心眼儿好的人也偶尔恶作剧。"

从此他更加把我当朋友……

"四人帮"垮台的时候，正是他那一届学生毕业前夕。他不再邀我陪他看"内参片"了，也不再请我吃夜宵了，甚至极少到我的宿舍来了。我们仍常常碰面。他变得阴郁了，变得寡言寡语了，碰了面也不过点点头而已。我觉得他在有意疏远我，躲避我。中文系的同学们也不再像以前那么爱往他宿舍里聚了。和他同届的忙于做离校前的种种准备，或者为自己的分配去向而烦愁、而窃喜。说许多人心怀鬼胎也不过分。各自的烦愁和窃喜，那时候是最秘而不宣的，甚至都很害怕被别人窥测到，所以也就都很忌讳往一块儿凑。低于他那一届的同学，都希望自己能在政治提供的特殊条件下，较充分地自我表现什么，自我证明什么，所以都忙于参加各种会，忙于抄写大字报，忙于创作批判稿。他这个人失了往日的魅力和吸引力,是自然而然的。人们似乎都忘记了他曾给人们带来的种种愉悦和刺激,也似乎都忘记了曾多么需要他和欢迎他那份儿对谁都不吝啬的友好。

一个下着小雨的晚上,他意外地又找我。

他没进宿舍。像第一次想邀我去看"内参片"而被我关在门外一样,他出现在窗口,轻轻地唤我。

楼檐水落在伞上,发出很响的声音,溅到屋里。

同宿舍的几个同学全在,他们都用一种猜疑的眼光望望我,或者望望他。

"你现在有空儿吗?"

他表情复杂。

我回答说有。

"我想请你去吃夜宵,去不去?也许是我最后一次请你吃夜宵了……"

他对宿舍里的任何人都不看一眼,目光只盯着我,目光格外阴郁。

同宿舍的同学们保持着各自矜持的未闻未见般的沉默。我知道他们内心里对他的态度一如既往,并没发生什么变化。他们只不过不愿招惹他。他当时那种样子肯定使他们觉得,哪怕一句被他认为稍微不敬的话,都可能使他感到无端地受了轻视、受了伤害、受了刺灼……

我立刻回答——去!

依旧是在五角场,依旧点了五香鸡头佐酒。

我试探地关心地问:"你父亲不至于有什么大问题吧?"

他低声说:"他死了。"

说罢,继续细微地啃一个鸡头。

我不禁"哦"了一声。

"是自杀的。"

"其实他陷得并不深,并不会把他怎么样,完全是因为他自己太想不开。"

他喝了一口酒,有滋有味地咂鸡头。

我将我的一只手轻轻放在他的一只手上。我希望他能体会到这是一种出于友情的表示安慰的小动作。

他却似乎困惑地看了我一眼,仿佛是在说——我不需要你这种表示,我不在乎。任何情况之下,大鸟仍是大鸟……

我倒被他看得有些难为情了。

"再吃一个吧,难道你真的不爱吃?……这家的五香鸡头最好吃。"

末一句话,他是低声学毛主席的语调说的。我认为他真是学得像极了,肯定他自己也是无比自信地这么认为的。

他朝我眨眨眼,似乎很快意地笑了笑。

我也笑了笑,抓起了一个鸡头,学他的样啃着咂着吮着。

我暗暗惊讶于他伪装出那种快意的技巧。

他又喝了一口酒,转动着酒杯说:"人唯一命,就是那么一回鸟事。所以,该享乐便享乐。宁富贵十日而死,不寒酸百年苟活。"

我慎赔一笑而已。

他用筷子梢指饭店里的一位服务员姑娘说:"瞧,那女孩儿在望我们哪,姿色不俗是不是?他日得志,我要娶她为小妾……"

我以为那一天他必会一醉方休。那一天他却喝得很节制,也未频频对我劝杯……

我们离开那家小饭店时,雨比来时下得大了。仍像来时一样,他撑着伞。他尽量使我不被雨淋。他的个子太高于我,遮护了我,他就只好把他自己奉献给雨了。我们深一脚浅一脚地回到学校,他的衣服已全湿了……

他辞校那天,相送的人不多。我当然是不多的人中的一个。他从车窗探出身同我们一一握手时,哭了。泪潸潸下,唏嘘有声。

| 大　鸟

我第一次见他哭。

列车开动时我仍握着他的手,我随列车跑了几步对他说:"你来信!"

他没给我写过信,起码是我没收到过他的信。直至我毕业的一年时间里,我不曾知道过他的详细通讯地址,别人也不知道。他如泥牛入海,仿佛在这个世界上销声匿迹了。有一位老师知道过他的一点点情况,说他返部队后很快便复转了,却不知是自愿的还是不得已的。又说他复转后归原籍了,在县上某中学当老师,却羞为师表,工作得并不怎么受好评。那位老师对自己所知道的一点点情况的确切性也无把握。不过我还是从他那儿抄来了不确切的通讯地址,给大鸟接连发了几封信。发出的信也如泥牛入海,杳无回音。

于是我更加回想起他为人的某些长处——生性耿介,颇敢仗义直言;见人有危难,乐充侠士风格;虽有些放浪形骸,潇洒不羁,但是待人平等,从未闻其歧人,从未闻其欺人。

我手中保留有几篇他写的散文或杂文底稿,文言多用俚语,白话点串之乎,惯以司门人言,遣惊世骇俗之词,亦庄亦谐,独具才情。我认为他本是可以成为专栏作家的。

我想他只留给了我这么一点点能促使我经常回忆

起他的东西,我得好好收藏着。毕竟的,他曾把我当成他的一个朋友。我想也许大鸟已经不在了,走了他父亲的路吧?既然他似乎什么都不在乎,大概也不在乎自己了断自己吧?

前年八月,忽然收到一封电报。电文是——校友之谊,常系心头,盼复电联系。落款"大鸟"。

我当日即复一电,始料不及地从此和他书信频繁。从信中我得知他已然得志,当上了某公司的总经理,正处在时来运转、踌躇满志的事业发达时期。他邀我前往他那省份小住。字里行间,恳意切切。我殊不忍扫他的兴,于初夏之际去了。

在站台上举目四望,未见其迎。正疑惑间,身后有人捣我背,文绉绉的一个熟悉的声音说:"老兄不识大鸟否?"诧回首,乃见是他。近十年分别,他的形象居然没怎么变化,仍是那么的仪表堂堂,仍是那么的风流倜傥。细审视之,似乎更年少了。西服革履,气派不凡,一副神采飞扬、春风得意的儒者大亨模样。

我说:"你还像在学校时那么年轻英俊,而我老多了是吧?"

他俯视着我,感而慨之地说:"是啊,你真的老多了!你这鸟人,是不是活得太累了呀?"

我苦笑着点了点头。

他一边亲密地挽着我往车站外走,一边谆谆教导地说:"拉倒吧,你别写了。现在谁看你们写的小说?没人看,你们还自己安慰自己,自己骗自己,自诩什么纯文学,纯鸟文学,鸟纯文学。没稿费收入过不下去了?缺钱的话,先从我这儿拿一两万去……"

我赶紧说:"不缺不缺。写小说倒不完全是为了生活,好比吸烟,成为恶习了!"

他说:"那你老兄可就活该了。看你把自己弄得这种形销骨立的模样!看你头发都稀多了!看这儿,还他妈有白头发了,你在学校时头发多浓多黑啊,你让我看着都心疼……"

他一番话说得情真意切,令我大受感动。

出了站,他导我乘上一辆崭新"皇冠"。车内已坐有两位摩登女郎,一位十八九岁,一位二十四五岁。二女郎都是新潮美人儿,新潮的发式,新潮的衣着,不分轩轾的明眸皓齿,不分轩轾的眉黛唇红,不分轩轾的体态窈窕,不分轩轾的姿色艳丽。十八九者着小衫短裙,胴体半裸,修腿苗条。二十四五者着无袖旗袍,藕臂洁白,躯线袅娜。他向我介绍十八九的叫小倩,二十四五的叫小婉,说是他的两位贴身秘书。小婉、小倩,金链项间耀,名铛耳边悬,各有大家闺秀韵味儿,不似小家碧玉俗美。我坐在前座,他坐二女之间,双臂狎揽二女玉颈,左偎粉颐,右吻桃腮,二女默默窃笑而已。想来以狎为常。司机如机械人,毫无不适反应。看来早已熟视无睹,见怪不怪了。

车过闹市,缓入幽静深巷。一旁高墙丈许,满布青藤。我问何往?小倩代曰去宾馆。

片刻,高墙退尽,忽现一座红漆门楼,气势宏大,庄严肃穆。门檐之上悬一巨匾,书"静虚庄园"四字,笔体遒劲隽永,颇耐观赏。两侧翔立男侍,皆美少年,着杏黄制服,双排纽扣,锃明耀亮,煞是晃眼,颏下扎黑领结,戴雪白手套。

车停。小倩秀足先踏,款款出车,代大鸟为前导。二男侍彬彬礼迎。小倩文雅还笑。

大鸟说:"我知道你不喜欢热闹,所以安排你在此处下榻。这儿清幽得很,我经常来隐居几天。有温泉,终日可浴。以前是高级首长与外宾出入之地,不服务于凡人。现在讲经济效益,只要付得起钱,谁都可以来住了。不过太贵,虽然大做广告,真敢来住的人还是不多。"

我如刘姥姥进大观园,不禁怯步不前。

大鸟又说:"这儿的构建风格,很像我家从前住的地方,大小有别而已。我对这儿有种特殊的感情……"

他言语中流露出毫不掩饰的怀旧意味儿。

小婉见我趑趄不前的样子,哧哧笑道:"你心里别想那么多,你尽管安心地在这儿住下吧,愿住多久便住多久。我们经理一片虔诚把你邀请了来,你住的日子越久我们经理越高兴。我们经理可是非凡人物。你是他的客人,当然也是非凡人物了。讲经济效益嘛,说白了就是金钱面前人人平等。我们经理是大亨,所以高级首长和外宾住的地方,咱们都托他的福,无忧无虑地住就是。"

大鸟分明极受用她这番喃喃呢呢的话,他用充满爱悦的目光瞅着她微笑。

过了几道月门,眼前另是一派天地——鱼池波静,内有盈尺长的大鱼自由自在地游弋。假山耸立,瘦石玲珑,奇形异状。回廊缓转,角亭独立。满园花卉,散紫翻红。树木成林,绿荫葱葱。悬瀑溅玉,喷泉播珠。飞檐衔接,翘脊参错。市声杜绝,鸟语偶啼,恰似人间天堂。三四女侍者花中飘来,绿中隐去,粉裳玄裙,来去悄悄。皆俊俏丽人,身影娉婷,使我心为之惑、目为之呆,疑为仙姑……

我心愈生忐忑,低问大鸟:"这儿……这地方,住一夜多少钱啊?"

大鸟一笑,淡然回答:"不贵,才七百多元。"

我顿止步,窘态毕露。

我央求地说:"大鸟,你还是替我另安排个住处吧!"

大鸟一副好不奇怪的样子,困惑地问:"怎么?对这儿真有什么不如意的吗?有你就说,别难为情。我是主人,你是客人,是我把你邀请来的,不是你投奔我来的,包你住得满意,是我的责任。当然还有比这儿条件更高级的去处,只不过地处闹市区,风格也太现代,我就自作主张,以为两厢比较,你肯定会更喜欢住这儿……"

我见他误解了我的本意,心中一时着急,结结巴巴地申明:"这儿很好,太好啦,我喜欢住,我从没住过这么高级的地方……只是……只是……大鸟我跟你说实话吧!按单位规定,我只能报销二十元以下的住宿费,特殊情况,也不能超过二十五元。这儿七百多元一宿,你叫我怎么敢住哇?就算单位给我报销,我也会自己跟自己过不去。我没法儿住得心安理得哇……"

大鸟听罢,沉吟良久,将一只手按我肩上,另一只手轻挠着自己面颊,很是犯愁地说:"这,可就让我太作难了……"

我说:"大鸟,你别作难。如果中档住处不好找,低档的我也能将就……"

"低——档——的？"大鸟语调拖得老长,并转身看小婉:"听到了吗？我这老同学,他还想要住低档的!亲爱的小婉,你认为他这等于是怎么回事儿呢？"

小婉掩口吃吃笑道:"经理,他这等于是侮辱咱们啊!"

大鸟瞪着我,郑重地说:"老兄,我的秘书认为,你这等于是侮辱我们啊!"

我说:"婉秘书,你可千万别那么认为……"

她亦郑重地说:"你不使我们那么认为,你若是我们,又该作何想法呢？"

她说罢掏出一方手帕扇着凉风。手帕徐拂缓摆之际,异香缕缕四溢。

我不禁屏口深吸,顿觉异香沁入肺腑,头脑迟钝熏然欲眠起来。

小婉忍俊不禁时,巧笑模样令人怦怦心动,或者干脆说令我怦怦心动;而表情郑重时,肃眉嗔怒,又是一种美貌风情,可爱之态足以令人跪其足下甘愿为其美一死。我不但怦怦心动,且睃着她脸儿乱了方寸,心猿意马魂旌招摇。

"婉秘书……你……我……"

我语无伦次了。暗想大鸟大鸟,你从哪儿寻找到了这么两个尤物呢？你他妈的真正是艳福不浅啊!若你让你俩秘书中的哪一个夜夜陪我，宿于老冢荒野，我也感到是无比的幸福哇！……

大鸟又说："老兄，想我大鸟的客人，爽邀千里迢迢到了鄙地，竟被我安排在中档甚或下档处住，那我大鸟在如今的社会上，还有什么资格抛头露面？还有何自尊可言？非存心使我遭受耻笑吗？……"

他一席话，说得我万分惶恐，汗颜不知所措，心中充满愧怍。

大鸟却哈哈笑了。笑罢口吻坚决地说："老兄，既来之，则安之嘛。小婉、小倩为你的到来，做了周密安排，还是不要打乱她们的预先部署吧。否则，她们会不高兴的。你愿看到这么两位可爱的姑娘因你的矫情而不高兴吗？"

我愧怍地说："当然不，当然不。我悉听尊便悉听尊便！"

小婉说："你这么着，就对极啦！"

大鸟说："什么单位报销不报销的，再不要提起这个话题。一切由我大鸟付账。这一点我在给你的信中写得明明白白的！"

我说："对对，明明白白。诚意心领，盛情怀拥。只不过一想到将累及你们支出一大笔耗费，总有些无功受禄，不敢当的感觉。"

我所言是真实的感觉，我面红耳赤。

大鸟正色道："你得进一步明白——你不是我一般的客人，你是我的校友，你是我当年的铁哥们儿。当年中文系两大专业三届几百名同学，我对你最好，是不是？"

我连连点头说是是是……

他随即问小婉："你告诉他，我是不是经常对你和小倩谈起咱们这位梁作家？谈起我和他当年那份儿深厚友情？"

小婉亦连连点头说是是是……

一扯到当年，他似乎有些激动起来，仿佛欲跟我当面对质什么——"你若不信，一会儿可以再问小倩！"

"问我什么？你们背后说我坏话？"

我们三人同时闻声望去，见小倩双手叉腰伫立一月门下，做怒目金刚状，柳眉乍耸，杏眼咄咄，娇娆红唇，亦俏亦愠，模样煞是勾人。

小婉就说："看，看，让这女孩儿等急了生气了吧？"

我说："都是我的错，都是我的错……"

大鸟也赔笑道："别生气别生气，我们哪儿敢背后说你坏话呢！"

小倩跺了下脚,嗔声责怪:"我都替你们把房间钥匙拿到手了,你们却在这儿聊起来没完!我等得腿酸劲儿的!再也不理你们了……"

"小倩,你再也不理他俩可以,千万别不理我噢。你一天不理我的话,我便不知道该怎么活!"

小倩哼一声,一转身消失了。

"小倩……"

大鸟尾随追去。

小婉对我嫣然一笑。

我觉得她的笑意味深长,有一种狡黠的研究成分,有一种含蓄的鼓励成分。

我想趁机谄媚,亦想趁机挑逗,但碍着大鸟这层特殊的关系,想而已,并未敢轻举妄动……

小婉分明窥透了我邪念弥漫的心思,她大大方方地挽起我手臂,一边与我同行一边说:"我们经理曾对我和小倩评论你这个人多少有点儿怪,我看你是有点儿怪。"

我问:"你看我哪点儿怪?"

她有意无意地偎着我,使我希望当时是漆黑的一个夜晚。

她的目光从眼角撩拨着我,悄语:"你呀,你不要总绷着股劲儿似的,尤其不要在我们女孩子面前这样。

你那样，会使我们也很拘谨，不知该怎么对待你才好。你要首先自己对自己的心理给予宽松政策，达到自由化，心理自由化了，行动才能获得充分的解放……"

我觉得她不是在帮我认清自己，而简直是在开导我、怂恿我，耳提面命地教授我如何才能实现我内心里对她具有的那一种蛰伏着的时刻准备一跃而扑的邪念……

"我喜欢你……"

我头脑中什么顾忌都不存在了，我一下子搂抱住了她……

她笑。我觉得时间很久，也许事实上并不久，也许事实上只不过几秒钟……

突然她挣脱了——粉裳玄裙从长廊姗姗缓过。

她瞄着我的脸说："你坏……"

我的住室在二楼。一切客房楼都仅两层。大鸟说为了清静，他将那一幢楼的上层全包了。客厅沙发阔绰，软麂皮面，坐下去舒适无比。卧室内软床宽大，锦被绣枕，显得那么地豪华。壁贴塑纸，地铺细毯，自不必说。高窗通阳台，垂幔两分开。电话、电视、电冰箱应有尽有。空调无息散冷，使人敛汗而不觉凉。原来外中内洋。

大鸟说他和小婉、小倩也要陪我住下，一直住到我离开。

我对他深表感谢。但是我强调不要处处优待于我,比如这套间,其实由他来住比由我住,会使我住得更加安泰。

他笑道:"我既把你老兄待为上宾,也绝不委屈自己,绝不辱没我的两位秘书小姐,咱们住的当然都是套间,一人一套。"

我不信。他也不多说什么,带我去看,果然是。

我到自己房间刚躺了一会儿,小倩敲门促请:"梁老师,该吃饭去了。"

我出了门,问她:"你刚才称我什么?"

她说:"梁老师呀。"

我说:"别这么称呼。"

她说:"那怎么称呼呢?"

我想了想,附耳对她说:"你就叫我梁兄吧。"

不料她脸一红,一副不可亵语犯焉的庄重模样,敛了那种悦人微笑,愠态道:"我又不是祝英台。"一扭身段,步态袅娜地径自先走了。

我愣在原地,温习着小婉对我的教导,一时间不知自己错在哪儿。

奢侈一餐,八百余元。

小倩从精美坤包内取一沓支票去结账的当儿,大鸟奇怪地问我:"你怎么她了?"

我装糊涂,说我没怎么她啊。

大鸟说:"那就不明白了,那她为什么对你连点笑模样都不赏?"

我说:"也许她讨厌我吧。"

小婉冲我无声暗笑,仿佛在向我暗示——她是个眼里藏不住沙子的人,她是知道原因的。

大鸟说:"小倩又耍小孩子脾气,你别理她,别跟她一般见识,我会考虑怎么惩罚她的。"

我惶惶地说:"那可不行那可不行!"

小婉一听就哧哧笑出了声,说:"不打自招了不是?"

大鸟也笑了,一拍我肩说:"如果因为你喜欢她而引起的,那我不予干涉,那是你的责任,局面要由你自己来扭转了。"

又对小婉说:"你得劝劝小倩。那样不礼貌地对待自己老板的朋友可不太好。"

她一努嘴,不高兴地说:"就交给我这种任务啊?"

我说:"请多关照,请多关照!"

她十二分不情愿地说:"好——吧——看你的面子。"

大鸟夸奖她:"还是小婉懂事儿。失去了小婉、小倩,让我当国王或者皇上,我也会觉得没意思。"

小婉一往情深地注视着他说:"瞧你,也不管当着什么人的面,总把这些话挂嘴边上!自己心里有数就行了呗,今后再不许你这样。"

大鸟乖顺地说:"批评得对,批评得对,今后一定改正……"

我整个儿一颗心嫉妒得在痉挛,隐隐作痛。

饭后,大鸟说他下午还有些事要办,在我房间陪我小坐了片刻,饮了几口茶,向我询问了几位当年我和他都熟悉的校友的近况,便起身匆匆离去。

我站在窗前,观望着外面的园景,心中暗说——大鸟大鸟,世道怎么如此地抬举你,让你他妈的混得这般的得意?

但见小婉、小倩陪他自窗下经过,她们各自又换了一身时装。

盯着他们的背影,我的心像被一只无形的大手紧紧攥住,感到呼吸缓重,竟有些喘不过气儿来。

我自知这完全是由于我对大鸟的嫉妒所致。

可是我没法儿说服自己不嫉妒他。

我认为这嫉妒的痛苦是他所强加给我的。

因了自己备受这一种非凡的痛苦的折磨,我确信我已开始有些憎恨他。我明白这样的心理是一种卑劣的心理阴暗的心理。但是我一点儿也不感到自己可耻。相反我说服自己嫉妒得有理憎恨得有理。如果他这么得意的人居然还不该遭到嫉妒还不该遭到憎恨,那么公理安在?

我这个受到最热忱欢迎最虔诚接待的人,在主人离去之后,竟不禁的独自坐在舒适的沙发上生主人的气。

我发现桌上大鸟留下了一个信封。走过去拿起来见内中装的是钱。信封上写了两句话——给你的零花钱,自己逛街时,想买什么买什么吧。

我抽出点数一遍,整整一百张,每张都是百元的。

我第一次觉得,一万元纸钞也是很有些分量的,似乎比以前掂自己的钱沉了许多。

我暗骂——大鸟,你他妈的也忒挤对我了,你以为我没见过一万元钱是多少哇?平白无故的,我能收受你的钱么?

我想——我若是就这么收受下了,小婉、小倩一定会挺瞧不起我的吧?我不愿被她们瞧不起,我希望受她们尊敬受她们崇拜。上帝确保这两个女孩儿都是痴迷的走火入魔的所谓"文学女青年",那才不虚我此行……

我对自己反复地说不收不收坚决不收。

可是除了我的皮包,我真不知该把这一万元放在哪儿好,放在哪儿安全。

这时我忽听见敲门声。我急忙将信封背在身后,向房门转过身去。

我说:"进来。"

进来的是位服务员姑娘,也是很俏丽可爱的一位小姐,一身少女的清纯。我想这鸟地方怎么像大观园啊?怎么女孩子一个个都百里挑一似的赏心悦目哇?还叫他妈的什么"静虚庄园",周围满眼尽是这等样儿的些个女孩儿,男人住在这儿心里能静得下来能虚得了吗?夜里不失眠倒成了怪事了。但又一想,觉得自己没劲,如今哪个服务单位不讲经济效益?只要讲经济效益,招服务员的时候,自然挑选容貌姣好出众的了。难道触目皆是丑妮,我这样的男住客才觉得美妙不成?

我不禁嘲笑起自己的古怪心态来。

那女孩儿彬彬有礼地对我说打扰了,说她来是要告诉我——衣柜中有曲经理预先为我预备的衣服。

她说完便退了出去,像日本侍者一样,微微弯着腰,脚步轻得几乎悄无声息。

门一关上,我立刻将一万元塞入了我的皮包。我已经彻底想通了——别人白给我一万元这种事儿,在我的一生中绝不会再有第二次！这是毫无疑问的。即使我不收受，小婉、小倩也不知道我的清高，除非我当着她们的面将钱还给大鸟，那我岂不成了一个不可救药的大傻瓜了吗？我干吗非要拒绝大鸟的好意呢？也许小婉、小倩根本就不知道这件事。再说我在乎她们知道不知道干什么呢？和一万元相比，清高算什么？两个漂亮妞瞧得起或瞧不起我算什么？一万元啊，一万元我要辛辛苦苦写出四十余万字啊……

我义无反顾地将皮包落了锁，同时亦将我往常那份儿清高落了锁。

我舒舒服服地泡了半个多小时澡，泡得浑身慵怠而轻爽，然后换上大鸟为我预备的名牌衬衣，然后便往床上一倒，希望能一觉睡到大鸟和小婉、小倩来陪我吃晚饭。

却怎么也睡不着。

再然后就是百无聊赖……

于是我起身离开房间，决定到服务台那儿去和哪一位女孩儿套感情。当班的正是刚才那清纯女孩儿，她在聚精会神地看一本厚书。

我搭搭讪讪地问她看的什么书？

她一声不响，用一只纤纤小手隔住书，将封面翻给我看。

我想象她是袭人、晴雯什么的，而我是萍踪偶栖这现代大观园的一位白马王子。我并不很清楚自己对她究竟怀有什么非常明确的动机和企图，只知自己希望由她获得某种消遣。我以为像她这么清纯的女孩儿，看的一定是台湾的真琼瑶或大陆的假琼瑶们写的泛爱小说，却不料那本书封面上赫然四个字是《蛇形刁手》，我不由得双目为之一瞪。

她让我看了看封面便算是回答了我似的，继续入迷于武林的恩怨情仇刀光剑影。

我又搭搭讪讪地问她是不是对大鸟很熟悉？

她抬头瞪着我反问大鸟是种什么鸟？

我这才晓得大鸟的叫法在他家乡省份的这一座名城并不通用。

"那么你对曲经理一定很熟悉喽？"她默默摇头。

"他开发的是什么实业？"

"不知道。"

"他办的是一家公司？"

"不知道。"

"他拥有多大一笔资金？"

"不知道。"

"你究竟对他知道些什么？"

"我只知道他是我们这儿的常客。他外地的朋友们来了,他总往我们这儿带,所以我们领导说他是我们最不能得罪的上帝,要求我们一律得对他笑脸相迎笑脸相送。"

"他的事业真的很兴旺吗?"

她耸耸肩,低下头又开始看书。我感到她对我颇觉不耐烦,我很羡佩她的职业修养,因为她内心里的不耐烦,脸面上一点儿也没流露出来。

我觉得怪没趣儿的。

我说:"你看吧。……"

她未吭声。

我刚欲转身离去,她忽然抬头问我:"你是干什么的?"

我心头窃喜,因为她所问正中我下怀。若她不问,我再怎么厚颜无耻,也还是有几分不大好意思没什么缘由地告诉她自己是作家,而我巴不得一开始搭讪就自我这么介绍一番。

我当然不离去啦。

我说:"我是作家呀!"

她说:"就是写这些个东西的人?"——向我扬扬她手中的书。

我说:"对,噢,不对不对。我才不写这些个东西哪,我写的都是纯文学,相当相当纯的那一种文学……"

"怎么个纯法?"

"这……一句话半句话也说不清楚,你跟我到我房间去吧,我充分地从容地讲讲……"

"不去。"

"为什么?"

"去了准没好事儿。"

"你怎么这么说?"

"那我就换种说法——我们老板对我们有严格的规定,不许我们随便到住客的房间去,我们老板说这是从爱护我们的角度出发……"

"别听你们老板的!他那是以小人之心度君子之腹,他那是……"

她忽然站了起来,显出恭而敬之的样子,惴惴地望着我背后……

我一转身,见一位五十多岁的儒雅男人立我背后。

她嗫嚅地说:"经理,我回答他的话,您都听到了,您放心,我一定牢记您平时对我们的谆谆教诲,我能把握住自己……"

我赶快逃之夭夭。

我把那小靓妞恨透了。我原本打算详详细细地告诉她我至今已写了几百万字,获得过多少次奖,有多少部作品拍过影视剧,以及我自认为的知名度……当然,我并不否认我还有些别的打算。但是,须知我是个洁身自好,无比爱惜自己声誉的人啊。这样的一个男人,是不太敢轻率地把自己对一个女孩儿的一切打算都付诸于实践的。

该死的个小靓妞何苦的呢!

……

于晚,叩门请我用餐的,不复是小倩,而是小婉。

我迈出房间时,见大鸟站在柜台那儿,一条手臂横担在柜台上,身子向柜台内明显地倾过去——该死的个小靓妞,正凑耳对他喁喁咕咕。

小倩侍立大鸟旁边,一望见我,便大声说:"梁先生到!"

我猜那该死的小靓妞一定是在告我的刁状。我倒不怕她向大鸟反映我对她心思不正什么的。我认为我没义务非向大鸟证明,阔别十多年之后,在比当年精彩万端的现代生活中,我差不多快是个富贵不能淫、美色不能动的君子了。

我当年又没向他发过这等誓言。我怕的是该死的小靓妞是早已被他收买了的耳目,谎告大鸟我在对他进行"摸底调查"。而大鸟如果信了,那我在他眼里还算是个人吗?对他这么一位富贵不忘旧交的朋友,我的行径岂不是太卑鄙了吗?尽管我愿意向自己承认,我的行径确有对他进行"摸底调查"的动机,但我只不过是愿意向我自己暗暗承认啊……

那该死的小靓妞一听小倩的话,立刻缄口了。

大鸟也同时站直了。

我经过柜台时,该死的小靓妞对我侍立微笑,行注目礼。

而我对她狠狠一瞪,倘目光是伤人利器,她必命亡倒地。

在餐厅雅间内,大鸟问我是不是很饿了,是不是独自待一下午感到太寂寞了,请我谅解他回来得晚了点儿,向我保证从明天起他的时间将全部用以陪我。

小婉说还有几位应见的人物未见,还有几桩应办的事情未办,但他心内惦着我,所以坚决果断地回来了。

我嘿然表示感动而已。

我担心他心里已在恼我,我担心他在餐桌上耍什么诡计,当着小婉、小倩的面出我的丑——比如故意问我见没见到我那房间的桌上有一个大信封?进而说内中的一万元是准备给另外什么人的,不知丢在哪儿了,因为那信封上并没写我的名字。仅凭那么两句话,我是没有充分的根据将它放入我的皮包锁起来,并矢口不提的。

我暗暗打定主意,他若真问,我就回答没见着。我想他不可能因此搜查我的皮包。

我在心里对他说,大鸟,不管你是真想送给我还是假客套,不管你当时是否虔诚这会儿听了那小靓妞的汇报是否后悔,总之这一万元你就认了吧!

他却只字未提信封的事儿。

他不提我则更不提,起码不愿当着小婉、小倩的面提。

晚餐比午餐更其丰盛。用罢餐,我和大鸟们起身将离去时,经理走到了身旁,问可否请我留步片刻。

我只好留下。

经理望着大鸟们走出餐厅,才转身正面对我,虚伪地笑着说:"梁先生,您的光临,既不但是我个人的荣幸,也是我们全体服务人员的荣幸。据悉您有谈谈纯文学的主动热忱和雅兴?这太难能可贵了。要不要哪天晚上,我将全体服务人员集合起来,请您作次正规的关于纯文学的讲座?我们这儿的女孩儿们,都需要接受点儿纯文学的有益熏陶。包括鄙人在内。反正讲给一个人听也是讲,讲给多数人听也是讲。何况,您一定要单独讲给她听的那女孩儿,并非是一位文学少女,也从来不看您们纯文学作家们的纯文学。对她，依鄙人愚见，您大可不必太热忱太主动太一厢情愿……"

我脸上一阵阵发烧泛红。

我讷讷地解释我不过三句话不离本行，其实不是个好为人师的人……

以后六七日内，大鸟果不负言，日日同车陪我出入，有时小婉相随，有时或携小倩，二女共伴左右者多。大鸟聘雇之司机，驾驶技术高超娴熟，诺诺听命，从无牢骚，亦不多言，想必大鸟给他的月酬甚是丰厚。循环挥霍于上等酒家，偶尔凑趣于民间小肆。奇馐珍肴，地方风味，天上飞的水里游的，顿顿饕餮，享腻吃烦。市内古迹，享乐场所，无一遗娱。四郊周野，绿水青山，足迹所至，流连忘返。

每晚，大鸟必迫我同至豪华舞厅，戏曰"改造老兄"。他真可谓舞厅王子，异性宠儿。英姿翩翩，身影旋旋。小婉、小倩，轮番伴之，每每皆被公认舞后，大鸟殊觉荣耀，购以金物，慷慨嘉奖。场场夺尽风光，引无数舞男舞女羡眼乜斜。

我不会跳。大鸟命小婉、小倩带我教我。我学得迟钝，小婉常叹曰："与梁先生一番舞，累如病后推大磨！"小倩则刻薄相嘲："天生一笨伯，恰似榆木段！"或曰："踩脏我鞋啦，梁先生当破费相赔！经理当付我劳务！"俏语连珠，巧言生趣，自嬉不已，逗我开心，亦博大鸟快活。大鸟便做怜悯之状，抚我背曰："老兄不可救药。辜负华曲美乐，愧对人面桃花，可惜了这一夜酒绿灯红啊！"

一日午夜而归，大鸟余兴有余，毫无倦意，坐在我的房间里，吞云吐雾，海阔天空，终于告曰："实不相瞒，二女吾情人也。此间颇少干涉，兄若思受用，可潜遣侍奉枕席。"

我说："大鸟，你醉了吧？"

他说没醉。

我说没醉你怎么之乎者也起来了？

他说享乐是要追求现代的，自身修养是要达到古典的。说有些事，用文言讲，比用白话讲体面。

又说小倩善作媚样，床上娇嗔百态，实乃同衾妙女，天生淫娃。说小婉极尽温柔，最解人意，款语驱愁，蜜意酿心，别有令男儿缱绻难舍之处……

他那一夜豪饮如牛，我看出他的确是醉了。

我说："君子不夺人之爱。"

他揶揄道："阿嫂醋坛子乎？"

我说："她对我无为而治。"

于是他双手一拍，哈哈大笑。

我问他笑什么？

他又之乎者也起来，侃侃道："我笑老兄迂腐过甚。弟示诚心，阿嫂不讳，小婉、小倩，从若遵旨，你又顾忌什么？况人生在世，本一谬命，不能有难同当，何妨有福同享？名酒佳肴，不过胃肠消受之物。软玉温香，芳容美色，才属第一洪福。老兄心存非非之想，抑隐久矣，欺我不知不晓么？"

我一听他这么讲，暗说大鸟大鸟，那你可就怪不得我了。再说小婉、小倩，亦不过你掌上玩物，何必顾前瞻后。机不可失，时不再来，过了这一村，哪儿找这一店？

于是我故作腼腆之状，喁喁哝哝道："朋友之间，那多不好意思的？"

大鸟说："朋友之间，才好意思。若非朋友，你只有干嫉妒的份儿。你敢勾引，轻则挨揍，重则触法，身败名裂，你就前程交待了。我对你是实行三包，包吃住，包享乐，包爱欲。不图别的，只图你我相别时，你打心眼儿里说出满意二字，只图有一天我死了，你打心眼儿里常念叨我个好！"

我说："那是当然，那是当然。"

他说："烦你给我倒杯水，不，不要茶，要冰箱里的矿泉水。"

于是我从冰箱取出矿泉水，倒了一杯，毕恭毕敬地双手捧送给他。

他一饮而尽,注视着我,似乎又思考着什么,又欲开始对我侃侃而谈。

我只怕他尽说下去,并没有实际的行动。

我佯装困盹,打了个大哈欠,嘟哝道:"我想睡了……"

他看看手表,心领神会地对我一笑,说:"那我就不浪费你的宝贵时间了。今夜良宵,欢娱更短啊!"

说罢他站起身往外便走。

"大鸟!……"

我顾不得迫切之嫌,立即叫住他。

他在门口向我扭回头。

我说:"君子一言,驷马难追!"

他说:"老兄稍安勿躁,片刻定有狐仙鬼妹芳趾降临。"

他一离去,我即冲入卫生间,以冷水激头。我想我一定得保持种精神抖擞的状态,否则岂非辜负他的美意?

我坐在沙发上静候,觉得时间仿佛停止了。

我又一想他别是存心捉弄我,害我一夜不眠,坐等到天明……

正胡思乱想之刻,门轻轻地缓缓地开了。我屏息敛气,乍惊还喜,凝眸睇视——我准备迎迓的本是小婉,不料翩然而入的竟是小倩。只着睡裙,发逸逸而散,足纤纤而赤,分明的刚刚净过脸儿,祛了铅华脂粉,还现出女孩儿一副洁丽面容。正所谓眉不描自弯而黛,唇不抹又润且红。浑身透爽,娇体溢香……

她斜倚着门,仿佛慵倦不支。藕臂护胸,秀手掩颈,惺眼蒙眬,睥睨着我说:"你怎么不邀小婉姐?"

我霍地站起,虎视耽耽道:"今夜是你,明夜是她!"

她嗔道:"我知你心中爱惜她,这么晚了,偏要烦我……"

我却哪里还有忒大情绪跟她啰唣?

我犬跃过去,一下子将她横抱起来,狼蹿入卧室,摔她于那阔大床上……

几番折腾,自不待细述。方信大鸟对其赞美,句句不假。

待她一动不动,软绵绵温顺顺,猫儿也似伏我身旁时,我用手指绞弄着她的秀发,问她跟随她的老板几年了?

她说时间不长,才两年多。

问她是先者,还是小婉?

答曰:"婉姐早我半月。"

我十分佩服大鸟竟能与她二人良好相处，问彼此互妒否？

答曰："三位一体，亲密无间。偶拗小性，老板宠之，婉姐让之。"

问暂时选择，还是长久打算？

答曰："板荡之心，牢系老板身上。与荣俱荣，与损俱损。"

又曰："树无二根，人唯一命。宁富贵十日，不寒酸百年。活曾快乐，死便无憾。"

忆大鸟当年慨词，如一人言。但一"死"字，似意味深焉，令我默默。

我谎称颇通手相，可为测前程诸事。

于是擎掌央我详断，倏又缩回，曰不测也罢，倘闻凶兆，反乱泰心……

言讫翻身睡去。

翌日同车出游，一途欢歌笑语，兴致勃勃，有增无减。

及寝小婉潜至，戏问："昨夜莺莺初会，倩丫头难招架否？"

于是狎昵无忌。

有一个问题，却始终困惑着我，那就是——大鸟为什么竟要这样天高地厚地盛待我，甚至连他自己两位心爱的人儿也打发来供我受用？好比是宴席上的最后一道大菜请我尽情"品尝"？它竟是那么严重地离间着我和眼面前这美貌尤物的情爱举动，干扰着我对她的彻底的亵玩意念和占有欲，使我内心里的占有欲强烈又虚空，仿佛她是被我捡来的骗来的偷来的一样东西，而非大鸟主动提供给我受用的。它使我的心理变得相当阴暗相当卑劣，仿佛所受用的是某种"一次性"的东西，想着这一点一边受用着一边不免的有沮丧之感，又仿佛无论怎么受用都不能达到目的，恨不得企图毁了她似的。

这问题本是昨夜要问小倩的，没问成，便咄咄地逼着小婉来回答。

她不肯回答，她柔情顿敛，温色陡变，一言不发地瞪着我，一边开始穿衣。她眼神儿里一时充满嫌恶和鄙视。当然是对我。仿佛才看清，刚刚与她耳鬓厮磨、肌肤相亲的我，却原来不过是一只雄猩猩似的。我猜她一穿上衣服便会悻悻离去，我猜她离去之前也许还会对我的脸啐一口。

我则打定主意非问个明白不可。

我从她手中夺过她的衣服。我说——你不回答，你休想离开我的房间！

她裸坐床畔，头缓缓向窗子转去。月光从幔隙漏进来,洒在她身上,看去那么优美。

我又完全被那迷人的胴体征服了。我内心里顿生一片惜香怜玉之情。我抛了她的衣服,趋向前去,复将那优美的迷人的胴体搂抱在怀。我吻着她的脸她的颈她的胸她身子的各处。我用一种罪过的忏悔的语调说我不再逼问了,她也不必回答什么了。其实我内心里一点儿罪过感也没有一点儿忏悔的意思也没有。有的只不过是在我血管里熊熊燃烧的欲火,除了欲火没别的。

几滴眼泪落在我手上。

她说:"常信姻缘二字,故不惜以身自奉。本当互欢互爱之刻,何必愚语逼问连连?"

我说:"对对对,是我愚,是我愚……"于是绸缪不休,共赴巫山,别样云雨……

及晨,小婉潜去。行际,依依而曰:"小倩夜间复来,万勿再相逼问。这丫头性烈,当细爱之。恐一语荒唐,使反目成仇。多日交好,恶于一旦,反为不美。"

其意虔虔,其言恳恳。

我乖顺领教而已。

我问:"你们有时言语,怎么都与你们老板一样之乎者也的?"

婉笑曰:"又相逼耶?"

我惶恐道:"不敢不敢……"

婉告曰:"酒绿灯红,如过眼烟云。吾等深陷享乐,已然难以自拔。故常存幻念,每每仿古贯作《聊斋》男女,以幻易幻,玩世欺己,权当人生游戏耳……"

又告:小倩毕业于名牌大学,出国屡屡受阻不成,自绝此念。而己学历高于小倩,实乃隋唐文学之硕士研究生。说出一位导师姓名,使我如雷贯耳,愕然肃然,诚惶诚恐,不禁刮目相看,自惭亵渎太甚……

恍惚十余日,忘妻忘子,乐不思归。

一日,大鸟说:"老兄及为夫为父之人,虽相友悦,岂敢久留?今朝当为兄饯行。"

我竟觉怅然,顾小婉、小倩,企望二女坚留。

岂料小婉垂首,小倩旁视,似有挽意,却无留言。

于是彼此怏怏慨慨而已。

所赠丰厚,大包小盒,携不胜携,带不胜带。

三人陪送于机场。大鸟双手执我一手,低问:"还记着我当年和你在五角场小饭店说过的话吗?——同窗三载,深蒙厚敬,他日富贵,定当相报。我大鸟不是个讲空话的人,你便是我将来的一个证明者,我死而无憾了……"

小婉、小倩亦凄凄上前与我告别,一吻左颐,一偎右颊。婉赠金笔,倩贻玉印……

至家,驱鱼遭雁,恳表谢忱。复如当年,泥牛入海,杳无回音。使我匪夷所思,或不能解,心中疑团郁结。

半年后,有一报社记者自大鸟所在省份来访。

我不免要问他可认识或听说过一位叫曲海江的大亨?

他摇头说不认识,反问我和曲海江什么关系?

我说没有什么特殊关系,不过就是当年的校友。

他说虽然不认识,但是听说过,鼎鼎大名,造成过一阵新闻轰动效应。

惊问何故,方详道来:

先是,曲辞公职,落户僻乡,钻改革政策之隙,以开拓型农户名义,诈称创办第三产业,贿赂送礼,贷款百余万元。又与各行各业签订空头合同,骗款六十余万,总计百八十余万。只见其整天价玩弄女性,荒淫挥霍,却不见其经营。人虽疑之,却不问之。事不关己,高高挂起。怂其享乐,从中渔利揩赃者,三教九流,大官小吏,竟达百人之多。各合同单位联名诉讼,才致败露。

大鸟于法庭无惧色。

问:"知罪否?"

答:"明知故犯。"

问:"剩款何在?"

答:"享用尽矣。"

问:"不惧死耶?"

答:"但请速死!"

呵呵冷笑,蔑视公堂,且侃侃自辩:"倘吾一人,国之幸耳,民之福耳!诈骗当死,巧取豪夺何罪?今日此时,举国铺席设宴不知多少?饕餮民脂民膏者众,挥霍公款一日何止千万?心切疼之否?敢尽诛之否?"

遂判其死。

欣然受判。

又审小婉、小倩,所答坦坦,所述犯罪事实与曲无异。

亦问:"不惧死耶?"

皆曰:"甘愿陪死。"

神情自若,且微微含笑。言死如言戏语,从容镇定模样,令法庭无奈无辙。

我听得惊心动魄,冷汗淋漓。

来客又告:有人揭发,仍剩数十万,不知藏何秘处。法庭调查员对单核据,亦深信不疑。以宽大诱交代,曲及二女,守口如瓶,铁心不供。故在押缓死,为究数十万而延其命……

于是我想到了我带回家中存入银行正获着利息那

一万元，心中有鬼，如芒在背。

来客看出我脸色大变，问我怎么了？

我说我没怎么，不过间发性的一阵心悸而已。

来客说，那几十万，想必并非大鸟为他自己的将来而藏的。说他那种人，对自己所作所为的法律后果，明镜似的清楚，还为自己考虑什么将来不成？说也并非他为他的家人而藏，因他在他那么谋划之前，他母亲也已病逝了。他又不曾结婚，也无兄弟，赤条条来去无牵挂，没什么至亲的人值得他留此一手。说他只有一位姐姐，但已远嫁国外，且嫁给的是有钱的洋阔佬，根本无须金钱周济。说他肯定是为他的两位情人的家人而藏的，说小婉有清贫父母，小倩有疾兄稚弟。那几十万的下落，除了他们三个男女知道，小婉、小倩某一方的某一位家人也必知道。说只要反复遍审之，必能撬开知情者之口，而那几十万一旦起获，也便是他们三个男女挨枪子的时候了……

还说，如此这般的推测和分析起来，大鸟倒真不愧是男儿之中的情义型人，小婉、小倩也不愧是女孩儿之中的丈夫型人。他们那一种敢作敢当，着实的也令人感慨。三人矢志不移，活则三位一体，死则三尸同穴的关系，着实的也令人刮目。只可惜不是走的正道。说当地的青年男女，都似乎着了魔似的崇拜起他们来，竟将他们作为楷模。女孩儿们说，爱男人就要爱"曲帅哥"那样的。一旦爱上了，自己也要一百个不变心，不后悔，生死与共，有何涕哉？而男孩儿们说，找情人就要找小婉、小倩那样的。为了她们那样的女孩儿，天下还有什么不敢的事儿？被那样的女孩儿爱过，有那样的女孩儿奉陪着，赴刑场又有什么可怕的？说当地的一些卖服装的摊贩，揣摸透了青年男女们此种心理，不失时机地推出了一批"文化衫"。男式的印着——"我是大鸟"或者"人唯一命，及时享乐"；女式的印着——"我是小婉"、"我是小倩"或者"寻找大鸟"、"大鸟我爱你"、"待嫁大鸟"、"非大鸟莫嫁"等等。使公安司法机关甚觉尴尬，恨不得将穿那种"文化衫"的青年男女一夜间全逮捕了。

可是那么多那么多，又怎么逮捕得过来呢？说枪决不过是迟一天早一天的事儿。直至举行大型公判会，绑赴刑场，并借助宣传媒介大造舆论，这种"大鸟热"才渐冷却，那些"文化衫"才渐无踪影……

我问当地人怎么知道他大学时代的绰号？

答曰记者对他狱中采访，他自己说的。文章一经发表，几小时内报纸销售一空，已有电影厂家买了版权，正请高手改编成剧本……

我问那文章中提没提到他的哪一位大学同学？怎

么提的?

我是既怕公安司法机关,从那篇采访的字里行间,嗅踪侦查到我这儿,又怕在今后的一部什么电影里,使我自己和别人都看出,某一个角色多么地像我。

来客回答说,他一位大学同学也未提到过,无论在审讯和采访过程中,都未提到过。也许他在大学的同学关系不怎么好吧?……

我说是的,很不好。在大学同学中,他一个朋友也没有……

同时我心里祈祷:大鸟大鸟,你可千万别坑我,临死拉上一个垫背的啊!同时,又暗自庆幸,还好只在他处住了十余日。若久住下去,恐怕我也……

又逾月,收到一封信。一看信封上那笔体,就知道是大鸟写给我的。但却不是从监狱寄来的,而是转寄。尽管如此,我拿着信还是手发抖、心发毛。

我鼓足勇气撕开,一目十行。信很短,说了些将要诀别之类的话。说入狱之前,触法自知,既有所料,也常受犯罪感折磨。故耗散挥霍,殊不独为。款待于我的,不过百之一二。

骗于官僚,与友共享,实乃一大快事,心理亦颇获得平衡……且自谓,对当局政策,早有研究,决不信"不变"之说。故宁做骗犯,以享乐赊死,而不做真改革者,败于政策之变……

我一看罢,立刻烧掉。渐渐地,再无他的音讯,猜测他已成泉下之鬼。虽然不免为之有点难过,但又为自己没受牵累而庆幸。今后当此以为训。经年,也就终于将他忘了……

上月,忽又收到他一信,也是由人转寄的。信中言其死期已定,唯有两憾——一不能与小婉、小倩同死,二对当局政策判断失误,未料虽经一番阴晴,改革步子却又更大更快……

细读数遍,读出一种"在乎"的意味儿,仿佛字里行间跃出别的几句话——早知如此,宁当先苦后甜的真创业者,不做生亦无望的死囚之人了……

未久,前来之客信告,大鸟已遭先决,而小婉、小倩仍在狱。据悉数十万款下落,将有眉目矣……

是夜,见大鸟未叩扉而径入室,言曰:"老兄别后无恙?"又云:"阴间亦觉逍遥,不乏共享乐者。然少美酒,今烦以所赠之万元,劳代购茅台百箱,唯寂寞独处之时,思念小婉、小倩二女,常祝早死,企盼聚欢……"

惊醒乃一梦也……

/ 贵 人 /

九月的夜风已经使人感到有些凉了,像刚饮过满满一瓶冰镇矿泉水的嘴,闹着玩儿似的,迎面朝素徐徐地吹气。

这是秋天偎向北京的最初的迹象,一年四季二十四个节气间的交替,差不多总在夜里进行,而在白天呈现端倪。

素是最后一批离开图书馆的人之一。校园完全的岑寂下来了。两幢六层的学生宿舍楼的窗子几乎全黑了,还亮着的是走廊灯和厕所灯。在那两幢楼里并没有素的一张床位。因为她去年已从这所大学毕业了。当时谋不到职业。

人类早已度过了思想成熟期,因而哲学仿佛变得毫无意义了。偏偏,素读的正是哲学。这是她人生抉择的第一次失误,一次重大失误。

素的家在长春。父亲是国企工人,在她是初中生时下岗了;在她是高中生时病故了。父亲病故之后,母亲也失业了。母亲做钟点工的微薄而又不稳定的收入,是母女俩唯一的经济来源。如果五年前她第一志愿报的是吉林大学,那么以她的考分,是不至于落个学哲学的下场的。她当年那么自信,所有志愿报的都是北京的大学。她有一个人生的既定方针——立志要成为北京某大学的一名大学生;进而成为北京人,成为北京某大公司的白领小姐;之后将从未到过北京的母亲接到北京,和自己相依为命。素是那么的爱她的母亲。她明白,为了供她上大学,患有肾病的母亲一直舍不得花钱看病,甚至舍不得花钱买些较便宜的常规的药。母亲是在为她撑着活,撑着做钟点工。正因为她明白这一点,报答母亲的决心就下得大而沉重。仿佛将来不成为北京的一名白领小姐,不使母亲得以在北京,而不是在中国别的城市安度晚年,算不上报答似的。当然,在素的这一种执着的意识中,也有实现自己人生目标的追求。对于她,北京是中国的纽约;是中国的巴黎;是中国的外国;是中国的西方世界。升入高中以后,中国的一概其他城市,便已容不下她的追求和憧憬了。上海也曾是她向往的城市;广州也不错;深圳也行;但都是她退而求其次的打算。北京,只有北京,才是她人生的战略目标。高中的素,是那类学习能动性极强的极刻苦的女生。玩儿在素的字典里是犯罪的同义词。早恋什么的对于素是最最可耻之事。无须谁向她的头脑中灌输如上理念。母亲从来也不必督促她好好学习。倒是常常心疼太过用功的她,怕她累病了。是她头脑中自行生长出如上想法的。总之,"响鼓无须重捶,快马何必鞭催"一句老话,形容素是最合适不过了。她既是如此这般的一名女生,男生们则很识趣地敬而远之。女生们则视她为一台性情孤怪的应试机器而已。那一年是高考的高峰年。按往年成绩本可以进清华北大的考生,十之七八未能如愿以偿。本可以喜上眉梢地考入北京的考生,纷尝遗憾沮丧之果。正在素终日盼望消息坐立不安的日子,她的班主任老师亲自到家里来通知她——北京某重点大学可以录取她,但前提是她放弃已报的专业,服从该校专业调配。

老师还说,其实"吉大"也对她这一分数线的考生感兴趣。倘她愿做一名"吉大"的学生,老师可以替她去疏通。并且能保证她读一门符合志愿的学科。

她却毫不犹豫地回答:"我当然去北京!"

于是她就成了北京那一所大学哲学系的学生。

大学的素,一如高中的素,没有任何一丁点儿玩儿的激情,也没有多了任何一种爱好。初中的她和高中的她,只有一项爱好那就是独自散步。大学的素仍只有这一项专利更属于普遍的老人们的爱好。其实她不喜欢哲学。副教授教授们在课堂上的侃侃而谈对于她如同催眠曲。而大师们曾深刻地影响过世人的种种思想要义以及"纯逻辑之美",在她听来像高级的玄辩。尽管如此,她仍是一名学习刻苦且成绩优秀的学子。实际上素已从少女时期便形成了一套自己的哲学。普通人的哲学。比普通人的哲学还要接近着真理的穷人的哲学。那就是简单明白通俗易懂一句顶一万句的一切从实际出发为了生存的哲学,实用主义的哲学。倘谁过分认真,从她的头脑里掏出了这一种哲学,并以其人之道还治其人之身,和她辩论说她一心上大学已经脱离了她的人生实际,她应该早早地就参加工作的话,那么大错特错了。素一定会平静地回答道:"那是一个高中之后只再有五年生命的人的实际选择。"如果对方不懂她的意思,那么她接着会一一道来——她眼见多次没考上大学的一届届的高中生,尤其女生,其人生五年以后一败涂地。将来的五十年完全没了什么亮色。而即使在五年中,活着的状态也不过是靠着人生短暂的花季为资本。除了极少数容貌较好的,可指望嫁给富有的丈夫做专职之妻,大多数连嫁人都成了问题。在这一点上,城里的姑娘和乡下的姑娘的命况是不尽相同的,甚而是截然相反的。一般乡下姑娘是不愁连做人媳妇的资格都丧失了。十六七岁的乡下女孩儿进城打工，抑或做小阿姨，五年至八年间总是会攒下一笔钱的。靠了那一笔钱她可以回乡下选个意中郎，嫁个好人家。而一个没有稳定职业却只有高中学历的城市女孩儿，到了该嫁人的年龄，倘其貌平平，那就越发地在城市里显得多余了。城市留给她们干的工作是越来越稀少了。连小饭馆老板雇服务员，也宁可招用比她们乖顺，年龄又比她们小的乡下女孩儿。何况后者们的要求不高，二三百元就肯干。只有极少数极少数的城里小伙子，有勇气娶一个没有学历，因而找工作难上加难的城里姑娘为妻。那样组成的一个小家庭，夫妻间的感情怎么长也长不过三五年去。三五年后，就过不下去了……是的，素认为，只有高中学历，在乡下而论文化程度不低，在城市却几乎等于没有学历，甚而几乎等于没有文化可言。素在高中时，便冷静而敏锐地看清了这一种新的城乡差别。学历，而且最低是大学的，倘无它，在将来的中国，几乎就没有了保证一个人在城市里生活五十年的可能性。当然，如果甘于过贫穷到极点，需时常向社会伸手求助的生活，也并非不可能。但人生落到那么一种地步，活着不就没什么意思了么？比起许多同龄人，素其实是看问题较深刻的。这是一种本能的深刻，一种贫家女的深刻。她对自己之人生,以及对现实冷静而敏锐的看法,使她感到自己在大学哲学系所学的那些知识,都更像是提供给富人们闲来无事想着玩儿的精神奢侈的方式。有次下了课,她以一副极其认真的模样请教正迈下讲台的教授:"老师,梦想着买一匹马减轻自己的辛劳,而却没钱买得起一匹马的农民,白马也不是马么?"

年轻的思想家,那么惯于俯视人世间一切现象的哲学教授,被问得一愣。

整整那一堂课,他滔滔不绝地指导学生怎样论证两千三百年前的公孙龙的"白马非马"论。而那是他顺利获得硕士学位的论文,也是他被公认的讲得最精彩的课目。

素站在他面前,平静地期待着回答。

到底不愧是哲学教授,他略一思考,遂回答:"所以那样的农民活两百岁也成不了思想家。"

他正暗暗得意于自己的机智,不料素又问了一句:"所以公孙龙的哲学才显得似乎很高级是吧?"

……

从那以后,在他的课堂上,只要素的目光全神贯注地望着他,他自己的目光就有点儿不知该望向哪儿了,并且会变得语无伦次起来。

然而，素听说，当别人问他，他的学生中哪一个最有思想时，他脱口而出的是她的名字……

今天晚上，素从八点到图书馆清馆，整整三个小时里读的是尼采的《查拉斯图拉如是说》。在做哲学系学生的四年里，她一次次接触过尼采这个具有四分之一波兰血统的德国人的名字，也听那位曾指导学生们怎样论证"白马非马"的哲学教授在课堂上情绪亢奋地高声朗读过尼采的所谓"诗性哲学"。她听了困惑不解，觉得那也算是哲学的话，那么世界上各国的精神病院里，一定关着不少哲学家。教授颂扬尼采乃是上一个世纪"最伟大的哲学家"。所用盛赞之词，仿佛一百年内全世界出那么伟大的一个人物，是奇迹，是人类的荣幸。而她当时觉得教授对尼采的热情是有那么几分病态的。他说"最伟大的"四个字时，目光无意中与素的目光一对。实际上素一直在注视着他。素看出他的脸微微红了一下。于是她赶紧将目光望向别处，免得使他不自在。素认为，大学老师和高中老师和初中老师相比，虽同为老师，但心理区别很大。高中老师和初中老师的学问肯定没有大学老师那么广博，但普遍的他们和她们没有卖弄的毛病。因为卖弄是提高不了升学率的。提高不了升学率，再怎么也证明不了自己的教学水平。教学水平不能得到硬性的证明，教学资格就会受到怀疑,甚至被动摇。而且,高中老师和初中老师们,也许比大学的教授们副教授们要无私得多。前者们巴不得自己最差的学生也能升入重点高中进而高考时榜上有名。所以他们教学方面不遗余力,恨不得有一份热发十份光。你可以认为他们是些只会教死书死教书的典型的刻板的教书匠。但出发点委实是为着学生们的,为学生们初考顺利过关,高考如愿中第。而大学的教授副教授们则不然。他们不带班,没有升学率的硬性指标压迫着心理,完成了规定课时,便完成了教学任务。所以对学生少有高中老师初中老师们那一种息息相关似的责任感。尤其文史哲三大传统文科的教授先生副教授先生们,往往几十年如一日,讲义是不曾变过的。即有所变,主观色彩也大得很。从古至今,从中到洋,每凭个人好恶,自成一家,率性发挥,偏见歧见,曲解误解,充斥课堂。或以仁谤智,或以智诽仁,每口出诮言,且仿佛天下第一见识、第一高论。从中得着很强烈的自我欣赏和希望被欣赏,自我崇拜和希望被崇拜的快感。所以,常常难免的在思想和观点上赶时髦,现抄现授⋯⋯

素能够以自己四年大学的切身体会,对初中高中和大学老师的区别作出如此一番比较,姑且不论她的认为是否正确,足见她的确是善于归纳现象,并对表面现象极为敏感，由是能够独立思考的。

她曾听过一次中文系某教授对外系学生开放的大课，那教授先生在谈到鲁迅时用词刻薄，谈到徐志摩张爱玲却情不自禁地击节称奇。仿佛整个三四十年代的中国文学时期，有了徐张二位才子才女，才是中国影响深远的一个特殊的文学时代了……

素在初中高中时几乎不读任何课外的文学书。上了大学，才如饥似渴地补读，还记了几本厚厚的心得。她竟将《鲁迅全集》通读了一遍。在她那所大学，在她那一届学生中，推而广之，在近年许多所大学的许多学子中，像她一样能将《鲁迅全集》通读了一遍的学子，不说绝无仅有，也肯定是极少数派之一。读了鲁迅，素对鲁迅的敬意油然而生。她甚至在日记里写下过这样一句话："倘素生逢其时，倘世无广平女士，愿代而为先生妻。"——像她的某些女同学一样，素也每在日记中仿男性之遣词用句。这一种现象，在她们，大约是由于潜意识里思慕男性的心理使然。她也读徐志摩，也读张爱玲。她上大学以后，狠上心跺跺脚，首先买的两本书其实都非鲁迅的书，而是徐才子的一本诗集和张才女的一本小说集。她像她的大多数女同学一样，蛮喜欢徐张二位的才情。但仅仅是才情，仅仅是喜欢，了无敬意。那一次中文系的开放大课听下来以后,她在日记中写下了一个字的心得——"屎"。

雨果的《九三年》里,滑铁卢战役中法国龙骑兵上尉就义前口中所出那个著名的字。

素在校图书馆每晚通读《鲁迅全集》的日子,曾引起过中文系另一位老教授的注意。他是位毕生研究鲁迅的学者。而且是有资格带博士的教授。他打算编一部评论各种版本的《鲁迅传》的书,那些日子也经常到图书馆去查阅资料。他忍不住将素诚邀到家里面谈了一次。

老教授问素当初为什么没报本校的中文系,而报了哲学系?

素就将自己怎么样成了本校哲学系学生的原委讲了一遍。

老教授说,只要她愿意,毕业后可以考他的研究生。他宁肯委屈一下自己,以博士生导师的资格,带她这个硕士研究生一起研究鲁迅,保证一直将她带到成为博士。

素沉吟片刻,低了头问:"那以后呢?"

老教授表情庄重地回答:"以后,你就是一位年轻的,研究鲁迅的女性专家。中国还没有一位研究鲁迅的女性专家。"

接着,老教授就坦白,惆怅而又不无悲凉意味儿地抱怨，偌大一个十三亿多人口的国家，怎么竟连续数年招不到甘愿以毕生之精力研究鲁迅的人才？老先生一提到那些贬损鲁迅的言论和文章，便义愤填膺，斥骂曰"蚍蜉撼树"之行径。他说他一定要在有限之年，培养起几名，至少培养起一名当得起捍卫鲁迅之历史大任的战士。倘是女战士，则更好，更觉欣慰。否则，将会抱憾终生，死不瞑目。

素对老教授的激烈和激昂颇感吃惊。她不动声色地又问："那，在中国，哪些单位，肯给一名那样的女战士发工资呢？"

"这个……这……这个嘛……我想总该是会有的吧？"老教授支吾起来。听那口气，仿佛是在问她。于是，素也就对那样的一名女战士今后的人生光景，得出了八九不离十的没有什么乐观理由的判断。

她请求给她一段时间，容她考虑考虑再作答。

数日后，素没有去那位老教授家当面告知决定，而是写了一封信送到了中文系，嘱转交之。那是很短的一封信，措词极其委婉地感激对方的厚爱。言说自己家境贫寒，全凭母亲做钟点工的收入供自己上大学。因而唯愿毕业之后早日参加工作，以卸体弱多病的母亲的重担。继续考研之心，不敢妄存。在素，这倒也不是托词，而是她的真心话。但也非是百分之百的真心话，只不过是百分之五十的真心话，另一半真心话她只字未道。那就是——尽管她对鲁迅深怀敬意，倘奉献了一生，专做捍卫鲁迅的一名女战士，她是万万做不来的，也不怎么情愿做。其实，她对自己的人生并无大的奢想。成为一名北京的知识分子型的女公民，以后嫁一个疼爱自己的男人，有一份收入稳定的工作，相夫教子，孝养母亲，如此而已，仅此而已。倘蒙机遇成全，则觉幸福矣……

这会儿，清冽的水银灯光，将素的影子轮廓分明地印在地面上。忽而抻长在她前边，忽而扯短在她后边。校园里那一盏盏路灯，似乎对这勤奋的女学子柔情似水，恐她夜归独行，心里害怕，暗嘱了她的影子，要一直伴送她回到住处。

素在离大学三站路的地方，每月三百元租了一间平房。她走着走着，脚步慢了，站住了，一手捂腹蹲下了。于是她的影子也缩作一团，守着她。她站起再走时，脚步更慢了。走到校门口，又蹲下了。小门卫问她怎么了？她未吭声。校工从传达室出来了，也问她怎么了？她这才缓缓站起，苦笑道："大叔，我胃疼。"老校工已认得她了，将她扶进传达室，怜悯地说："我这儿也没治胃疼的药啊姑娘，你进里间，床上躺会儿吧？"

她说:"大叔,给我杯热水喝就行了。"

老校工便倒了杯热水端给她。素接杯在手,喝一口,将杯紧贴胸前一会儿。脸上的痛苦之状渐敛。

老校工说:"姑娘,你哪个系的啊?"

素就回答她是哲学系的,已经毕业了,正为明年考研努力。

老校工则嘟哝:"哲学,哲学,不就是你不讲我倒明白,你越讲我越糊涂的那门子学问吗?这都商业时代了,还哲的什么学啊!"

素苦笑。

老校工又说:"姑娘,听我一句劝,考研重要,身体也重要啊。"

素感激地回答:"大叔谢谢,我一定记住。"

素喝完那杯开水,觉胃疼稍轻,便离开了传达室。她慢慢地走着走着,腰间BP机猝响。一看,是该回的电话。可前后左右望了望,哪儿哪儿都没有公用电话。有心返回大学传达室去借用一下电话,却已走出一半路了,实在不想返回去了。可自己租住的平房里也没电话啊。管他呢,她决定不予理睬。尽管因自己的决定而感到不妥、不安。她甚至想几步就回到住处,服几片胃药,扑倒床上便睡。BP机又响了两次之后,她索性将它关了……

走到平房前,却见窗帘没拉严,从屋里泄出一条灯光来。她以为自己出门时忘了关灯。掏钥匙开门时,手往门上一撑,门开了。心中这一惊非同小可,全身的汗毛皆奓竖起来,紧张地伫立门口,不知该如何是好。

屋内传出了一个男人嘶哑的声音:"你进来呀,我。"

素是很熟悉那个声音的。心跳遂平。然而顿起一种大的反感。

她进了屋,一脸的不高兴,冷问:"你怎么会在我这儿?"

四十多岁的男人,仰躺在她床上吸烟,鞋也不脱,脚担在床栏上。满屋的烟味,混杂着酒气。她不得不转身将门开了。男人对她的话不作解释,反问:"我接连传呼了你三次,你怎么不回电话?"

男人倒也自觉,没将烟头扔地上,而是乱插在一小块面包上。面包在小盘里,小盘的旁边是半碗奶,是素剩下的晚饭。她胃疼是由于每天吃得太少,胡乱对付便是一顿,渐渐地患了胃炎。

她又问:"你怎么会在我这儿?"

男人坚持地反问:"你怎么不回我电话?"

他们彼此目光冷冷地盯视片刻,男人下床,去关门。

她说:"别关。屋里还有烟味儿。"

她本能地变得理智了。她不愿把两人之间的关系搞僵到局面难以收拾的地步。她明白那对他倒没什么,对自己却是很不利的。故她的语调缓和了些。

男人还是将门关上了。但似乎是为了表示对她的话的在乎,撩起窗帘,推开了一扇窗。

"那会进来蚊子的。"

素的语调更缓和了。素得以在北京租这间平房住下来准备考研,完全依赖于这个男人。确切地说,完全依赖于这个男人每月提供给她的一千八百元钱。她是大学生的四年中靠做"家教"积攒的一点儿钱,是微不足道的,三个月内就花光了。再依靠母亲也几乎是不可能的了。虽然,母亲支持她考研,母亲严密地包藏起自己那方面不可能了的危机;但是素清楚地知道,那危机是咄咄逼人地存在的。母亲已不可能再像四年前一样,每天在多家干钟点工了,因而也就不可能再像四年前一样,每月寄给她三百元钱了。母亲的手脚已经不那么利落,擦阳台窗之类站凳登高的活对母亲那样一个五十岁了的、体弱多病的女人,已经是容易出危险的活了。母亲拖完一套三居室的屋地再拖两层楼道已经力不从心气喘吁吁了。母亲蹬小三轮车接送上小学的孩子,已比走路快不了多少了。总之,愿雇母亲那样一个女人做钟点工的人家，已比四年前少了。事实上，母亲不但不可能保证每月再寄给她三百元了，而且已需要每月几百元的生活保障费了。在素这方面，不继续考研也具有不可能性。不继续考研即意味着，她将面临着不但短时期，也许还是长时期找不到工作的困境。考研对于素实在是一种较体面的缓兵之计。考研是一种逃避现实的最佳方式。希望也许在明天，也许在这一种方式里……

正当素身陷人生困境进退两难走投无路时，那个男人适时出现了。他每月提供给她的一千八百元钱使她备感万幸。一千八百元钱素是这么支配的——三百元钱付房租；每月三百元的伙食费；每月反寄给母亲六百元；每月存五百元，以备应急；剩下的一百元，以备"计划外支出"，比如买胃药的钱……

那个男人的出现，使素充分体会了什么叫无忧无虑的日子。那是她此前从未体会过的好感觉。没有这种好感觉，她不知自己能不能全力以赴地投入考研前的"备战"。

素认识那个男人，很感激周芸。芸是和她同校的历史系女生。比她早一届毕业，已经考上了本校历史系的研究生。芸也常去校图书馆。素和芸就是在图书馆认识的。两人交往投缘，遂成密友。芸是素从初中以来的第一个密友。有天芸对素说:"素啊,你这么下去,可是太难啦!"

素忧郁地说:"英雄所见略同。我还剩两百元钱了。花完,就山穷水尽了。"

那是中午。两人从图书馆出来,往校外走着。

芸听了素的话,站住了。研究地注视着她,张了一下嘴,欲言又止。

素就主动打消芸的顾虑:"有什么好建议,只管直言嘛,何必吞吞吐吐?"

芸莫测高深地一笑:"我请你撮一顿。"

素也笑道:"的确是好建议,起码这会儿。"

于是芸将素引至一家海味儿自助餐馆。素从未进过海味儿餐馆,正饿着。这样还没吃完,已去端来了那样。津津有味儿,大快朵颐。怕对不起芸替她付的三十元钱似的。

待素打饱嗝了,芸的一只手轻轻按住素的一只手,将头向她探过去,低声说:"素,我帮你找个人吧。"

一瓶啤酒,素喝了半杯,芸喝了有两杯。芸的脸有些微红。素的脸却比芸的脸红得厉害。她小时候只见父亲在家里喝过啤酒,自己却是第一次喝。喝后才知,自己是那么的不胜酒量,头有点儿晕晕的。"连份工作都找不到,哪儿有心思找对象?找对象也得有起码的资格吧?"

素说着,一手端了盘子,又要起身去选东西吃。

"哎,你先给我坐下。"

芸使劲按住素的另一只手,不许她离开。

素只得乖乖地坐下了。

"你不能再吃了,别撑着。"

"我觉得我还能吃点儿什么。放心,撑不着的。"

"我对你有建议,先听我把话说完。"

"请我吃海鲜,想帮我找对象,你还有比这两个建议更好的建议吗?"

素耸耸肩,存心把话说得玩世不恭。

"你正经点儿。我跟你谈严肃的事儿……不是找什么对象。我自己还没对象呢。我仅仅是想帮你找个男人……"

素定住了眼神儿,顿时一脸严肃。素的思想意识,纯洁是纯洁的,但并没纯洁到弱智的程度。她马上明白了芸的话是什么意思。

"劝我傍大款?"

"你想哪儿去了!那多有失咱们的身份?"芸起身将椅子挪到素身旁,紧挨着她坐下。

芸又说:"傍大款那也不是谁一厢情愿的事儿。那得有先天的优越条件。咱俩长得虽说都不丑,可也不足以吸引大款啊。"

于是芸娓娓地告诉素——她从大三实习那一年开始,就已经暗暗地和一个男人建立了一种特殊的关系。他是一个开个体照相馆的,收入颇丰。有妻子,也有儿子。他绝对不会因了芸而离婚,芸也绝对不希望他是她以后的丈夫。她觉得他人还不错。职业又沾点儿艺术的意味儿,和他的关系就一直保持了下来……

"他每月给我一千八百元钱。他这人在这一点上挺可爱的。该哪天给我钱,从没拖到第二天。企业单位还拖欠工资呢。他一次也不……"

"……"

"如果没有他,我一名历史系的本科生,又是外省的,找不到工作了,还不流落北京街头哇?还能进一步考上研究生?即使考上了,我读得起吗?……"

"我告诉过你的。我家的情况,不比你家的情况好哇……"

"比我家的情况好。你毕竟有父亲,有哥哥姐姐……"

"可我父亲摔瘫了腿!我母亲才是家庭的主要劳动力。我哥哥姐姐各自都成家了,而且都过着勉强糊口的日子,有什么能力资助我上大学,考硕士?"

"你家毕竟在农村,一百元省着花够花三个月的。"

"那就比你家的情况好了？大西北某些农村人家的生活，你是没见过，见过你这么善良的人一定落泪。"

芸的眼圈红了。

素反过来用自己的一只手轻轻按住了芸的手，亦安慰亦歉意地说："芸，我不是故意要惹你伤心的。真是的，我怎么和你抬起杠来了呢？"

芸用纸巾揩揩双眼，放下纸巾，沉默了。

素攥了她的手一下："说啊。"

"不说了。"

芸觉得自讨没趣儿了似的。她想抽出自己的手，被素攥得紧，没抽出来。

"说吧，说吧，别不说。"素因伤了芸的好意，反而近于请求了。

于是芸又说，从某种意义上讲，她视那个开个体照相馆的男人为自己命中的贵人。芸结合一名历史系毕业的女大学生对历史现象的消化理解，得出了一种世间观点是——每个人的一生中都有贵人，好比每个人的一生中都难免遭遇几次小人。小人是那种你根本不必煞费苦心地去发现他，他某日某时定会出现在你命中的人。而贵人相反，他是那种需要你主动接触的人。没有这种主动性，你无法判断他是不是你命中的贵人。他自己也无法知道，原来他可以在你的命的某一阶段，充当一下贵人的角色。他能充当那样的角色其实他是乐意的，也必会获得一种满足。你自己发现了自己命中的贵人，激发了他甘愿做你命中贵人的那份儿良好意识，并且使其心理大获满足，你何乐而不为？

在素听来，芸谈的更是一种人生哲学方面的见解。一种独到的，她学了四年哲学，却闻所未闻的哲学。她甚至因自己是学哲学的而有几分惭愧了。她自叹弗如起来。

"那么，你想帮我发现我命中的贵人？"

芸点点头。之后说："谁叫咱俩是朋友。"

"那……他甘愿充当你命中的贵人，有什么具体条件？"

芸从腰间取下BP机，放在桌上，指着说："他给我买了这个。"

素瞧着BP机，又困惑。

"他想给我买手机来着，我觉得用不着。除了他，很少有人打电话找我。我也很少给别人打电话。"

素仍困惑着。

"我们君子协定，他每月传呼我五次。也就是一个星期一次呗。哪一天，随他。只要我无缠身之事，一定去会他……"

"陪陪他?"

芸点头。随即补充道:"他传呼我当然证明他特需要我了。如果人家每月给我一千八百元钱,还给我配了BP机,却很少传呼我,我倒成什么了?再说,我也有需要……那种事儿的时候。我们都不是小女孩儿了,什么时代了?我们有需要那种事儿的时候也不可耻吧?又非名门闺秀,又非金枝玉叶,为谁守身如玉?我们凭什么相信我们以后的丈夫肯定是处男?他们是不是处男又对我们有什么特别的意义?"

素的脸色,本已恢复正常。听了芸的话,却又红得像刚才一样了。

"素,你好好想想,如果你命中也有了一位贵人,那么你现阶段的一切困境都不再是困境了,一切难题都会理顺了,你才能全力以赴地准备考研……"

素不禁低下了头。

桌上的BP机忽然响了。芸看一眼,以一种义务感很强的口吻说:"是他。这个月的最后一次。我不陪你了。你想通了,下决心了,就找我。"

芸说"最后一次"时,语调听来有强调的意味儿。如同士兵说"最后一岗"那么庄重。仿佛"最后一次",关系着一个月前四次的自我评价,是需要格外认真格外负责任地对待的。

望着芸匆匆离去的背影,素好像被定身法定在椅子上了。

她头脑中一片废墟。那是她以前的人生观坍塌了的结果。

她觉得芸才配是哲学系毕业的大学生。觉得那样的哲学,才是对具体之人的具体人生有重大意义的哲学。至于什么"白马非马"简直是一种——很他妈的哲学!……

那一天夜晚,素失眠了。素从前也常失眠,由于用脑过度。大脑皮层疲倦了的失眠症。只要服一片安眠药,便可渐渐入睡。可是那一天夜晚她连服了三片安眠药也无法入睡。头脑里不止是废墟一片,而且从那废墟间,分明的,有新的东西生长了出来。她的头脑因它们拱动力很强的生长而亢奋……

几天后,素给芸打了一次电话。

她不好意思当面向芸表示。

她在电话里说,她已下了决心了,也就是采纳了芸的建议了。她说,她希望她的贵人是知识分子型的男人。年龄不能超过四十五岁。超过了岂不相当于她父辈人的年龄了吗?那会使她心理上别扭的。她说她希望那个男人的职业最好也和艺术沾点儿边。她说她也不要手机,只要BP机即可……说BP机又不贵,她就自己买了吧……

她说得很快,一句紧接一句地说,仿佛是一件迫在眉睫的任务,说慢了其任务的完成就可能失败。只有以那么快的速度说,才会出色地完成。

芸那头,耐性极佳地听,不打断。

"完了!"——素终于这么说。

芸在电话里听到了素急促的喘息声。如同一个人在水盆里憋了一分钟气,刚一下子抬起头。

她才要说几句话,又听到了素的一句补充:"但是有家有老婆孩子的不行。真的芸,那可不行!"

芸忍笑道:"明白。不给你找一个那样的。可你还没说最重要的事儿呢!钱呢?"

"说话呀!你要求每月多少钱?"

"我……我的要求当然应该比你低……一千……一千五……一千六一千六,行吗?"

素的口吻,谦虚得自卑。在芸听来,是自卑得没了基本原则。

芸略显生气地回答:"不行!"

结果电话那一端,完全地没了素的声息。

芸三娘教子似的说:"素,素,你听着我的话吗?我生气是因为你太没身价!别忘了我们是大学生!你除了个子稍微矮点儿,皮肤挺白的,五官挺端正的,哪点儿也不比我差,更不比一般些个女孩子们差,你倒是自谦个什么劲儿?你也每月一千八!也和我一样,每月五次!只许少不许多!能不能多,那得看以后感情处得如何!总之,你这方面的条件,我替你做主了!"

素沉默有顷,以芸仅能听到的声音回答:"拜托。"

素放下电话,觉有什么东西挂在自己唇上。用手指抹了一下,手指尖湿了。始知自己一直在流着泪……然而她却径自噙泪笑了一下。

她心里对自己暗说:"素,你这是做的什么景致?有什么可流泪的啊?你看人家芸,那样子乐乐观观地读着研究生,你该向人家学习才对……"

又过了几天,经芸引荐,素的贵人就出现在素的面前了。几天里,素一直没去图书馆。她有一种再不好意思见芸的心理。素说到做到,果然自己买了BP机。她又给芸打了一次电话,告之自己的BP机呼号。于是芸也就领会其意,不断在电话里向她"汇报"进展。而素对于她的贵人,预先也就了解了些情况——他身高一米七〇,AB血型。芸认为素自己身材娇小,不适合找一个太高的男人。又不是找丈夫,多少得为下一代的身体基因负责。他离过婚,有一个儿子,归前妻抚养。他长方脸,相貌不难看。性格也还好,挺内向的。芸认为,同样性格内向的素,不适合找一个性格太活跃太张扬的。而且,他是位文学男人。虽然没上过大学,但在外省的一家刊物当过几年编辑。后来辞职了,闯到北京,当自由撰稿人。出了两本书,不按太高的标准要求,也算是作家吧。而且,与人合编过几部电视剧……

芸对他的条件还比较认可。

她尤其满意他是位文学男人。觉得,使他们之间的事,似乎多了点儿浪漫的色彩,减少了交易的成分。素已经很能接受芸的哲学了。只与一个男人有此种关系,那么性质不是大大地不同于发廊和按摩场所那些职业可疑的姑娘了吗?即使别人知道了也没什么的呀!和她有此种关系的男人是位作家呀!不丢什么脸啊!

及至见了,素对他又有些不甚满意起来。觉他黑,觉他一脸的倦怠,刚经历艰苦的长途跋涉似的。他右嘴角明显下垂,上下唇廓看去瘪陷了一处,那是悠久烟史造成的。他眼神里忽而掠过一种游移不定的迷惘和深隐乏术的沮丧。那是素较为熟悉的一种眼神。大学里学科偏冷的,毕业后不改行很难找到工作,即使改行找工作也特别不容易的男生们眼里,每每便不禁地流露那么一种眼神。

素和他是在芸的住处见面的。芸租住一幢旧楼的一居室，房租每月才比素租住的平房贵两百元。而且有电话，有淋浴。芸将她的住处布置得挺温馨的。那是素第一次到芸的住处。素暗生羡慕。

男人话不多。送给了素两本薄薄的书。一本是他的散文集，一本是他的诗集。都签了他的名——"尼尔采"。分明是笔名。写在他签名上边的一行字是——"送给素素"。他的字和他人相反，写得很花哨。签名尤其花哨。

素谢过了，没话找话地说："你还写诗？"

他说："我是诗人。首先是诗人。"

芸插言道："人家多少年以前，还曾是迷倒过好些女孩子的诗人呢！"

他说："在中国，诗死了，诗人苟活着。"

素听了不由一愣。随之心生悲悯。为诗，也为他这个首先是诗人的男人。

显然，为了证明芸的话非是恭维，他低吟几句诗：

> 我是裸着脉络来的
> 唱着最后一首秋歌的
> 捧着满掌血的落叶啊

我将归向，我最初萌芽的土地
……

素顿时被诗意打动，以欣赏的口吻问："你写的？"

首先是诗人的男人矜持地点头，并谦虚之至地说："被诗评家们认为很好，被爱诗的人们认为是经典，但我自己认为很一般化的一首小破诗，想听完吗？"

素发自内心地低声说："想……"

于是他往下背：

风，为什么萧萧瑟瑟？
雨，为什么淅淅沥沥？
如此深沉漂泊的夜啊，
欧阳修，你怎么还没赋个完呢？
我还是更喜欢那位宫女写的诗，
御沟的水缓缓地流啊，
我啊，像一艘载满爱的小船，
一路低吟着来在你的面前……

他那嘶哑的声音，在吟诵一首诗的时候，被运用得那么高超，抑扬顿挫，听来恰到好处。如同一架缺键的琴，在大师的指下，被弹出了行云流水之曲。

素甚至觉得那简直是一种奇迹。

她又对他刮目相看起来了。

她情不自禁地为他鼓掌。欣赏之态溢于言表。连自己也不清楚,是对诗,对他的吟诵,还是对他这个男人。

芸却很漠然。仿佛诗对于自己是讨厌的广告。

芸说:"真酸。"

接着埋怨他不将自己打理一番就来,太不郑重了。

素说:"没关系。"

又忍不住替他的诗和他的吟诵讨了几句公道。而他庄严地说:"即使形秽,也要真实。"

芸立刻驳道:"那可不对。邋里邋遢的真实,不是人应该的真实。"又转对素说:"你别见怪,写诗的男人,十之八九不修边幅。把他交给你了,以后你改造他。"

素没接触过一个写诗的男人,不知十之八九的他们究竟怎样,嘿然而已。

芸想请素和他吃午饭,他看了一眼手表,说还有两张十二点半的电影票,美国大片。说罢,眼望着素。

芸便也将目光望向了素:"那么,由你来定。"

素犹豫了一下,只得这么说:"芸,不让你破费了。我好长时间没看过电影了。"

她看得出,他是非常希望她这么决定的。

于是芸严肃地说:"那么,我也不勉强你俩了。理解万岁。关于你们双方应该为对方履行什么义务,你们都认可了吧?"

他点了一下头。

素赶紧也点头。

芸又严肃地说:"我是一肩挑着对你们双方面的责任,谁若对不起对方,甚至伤害对方,等于对不起我,等于伤害了我。都听明白了吗?"

素抢先点头。

他随之点头。一脸诚信。

离开芸的住处,他说其实电影票是两点半的,说是吃点什么为好。素又没吃早饭,已有点儿饿。一饿,胃又隐隐作疼。

素说:"听你的。"

两人在一家清静的小店各吃了一碗牛肉面。他本想点几样菜的。素说算了吧。于是他就不点了,连要的一瓶啤酒也退了。他听话的表现,素觉得自己宛如家长,心理上顿获异样的从未有过的满足。

小饭店离电影院不远。两人吃罢,溜溜达达地往电影院走。起初是素跟着他的感觉走。她暗想,既然他已是自己的一个贵人,而且是自己预先做过必要的了解,又当面"考核"过的一个,就跟着贵人的感觉走吧。却不知怎么一来,变成他跟着素的感觉走了。

在过街天桥前,他驻足问:"是从这儿过天桥,还是在前边过地下通道?"

素说:"我不喜欢过地下通道,还是从这儿过天桥吧。"

于是他拉着她的手踏上天桥的台阶。

素的手,第一次被一个男人拉着,而且是一个刚刚才见过面的男人。她的手刚一被他拉住时,心脏怦怦地速跳了一阵。全身的血液,仿佛由那只手开始,一下子循环得慢了似的。循环到另一只手,已经变活了。脸上的血液却恰恰相反,连自己也能觉得,把脸儿烧红了。她下意识地抽了一下手,他也便松开了。

她歉意地说:"对不起,我不太习惯。"

他体恤地说:"没什么,能理解。"

下了天桥,没往前走几步,他问:"我有点儿渴,你呢?"

素说:"我也是。"

"你看那儿有家冷饮餐厅,电影院里也有冷饮,咱们在哪儿解渴?"

"还是在冷饮餐厅吧。"

于是,两人双双进了冷饮餐厅。

"吃冰激凌,还是喝点儿什么?"

"冰激凌太甜了,还是喝点儿什么吧。"

"喝什么?"

"我来杯雪碧吧。"

"那,我也要雪碧。"

两人喝罢雪碧,他吸了一支烟。他吸烟时,素望窗外,其实是从茶色玻璃上,间接看他吸烟的样子。素希望将来的丈夫是不吸烟的男人。却希望将来的丈夫像坐在对面的这个男人一样,凡事听自己的,跟着自己的感觉。她暗想,那才好。

离开冷饮餐厅,经过一家小通讯器材门市部。

他又驻足,征求地说:"时间还绰绰有余,我想进去瞧瞧。"

素说:"可以。"

素说完之后,猛地一愣。暗想这叫什么话?素你以为你是谁了呀?就是他老婆就是他妈,也没你这么说话的啊!难道你说不可以,人家就不许进门。

她赶紧又说:"我也想了解了解有什么新产品。"

两人进去后,"尼尔采"并不逛,并不旁顾,直奔一柜台而去。显然,那里是他来过的。素跟着他到了柜台前,才见是卖 BP 机的。

素明知故问:"你要买?"

他说:"给你买。"又扭头看着她,反问:"芸没跟你讲过?"

素说:"讲过的。讲过BP机的事儿。"她撩起衣襟指指腰际,低语:"你看,我已经买了。"

"多少钱?"

"不贵,才一百多。"

"你哪儿来的钱?"

"向芸借的……"

"这怎么行!该我买的!"

于是他从钱夹里抽出两百元钱,往素手里塞。素哪里肯接呢。在服务员小姐的冷眼旁观之下,两人你给我拒的,都涨红了脸。最终,还是素被女服务员小姐瞪得难为情,只得接了。

……

他们看的是老美大片《垂直惊险》,尽管是大片;尽管是老美制造的惊险;尽管放映厅是立体声的。沙发座。从炎热的外边一进去,凉沁沁的,使人浑身上下顿时为之一爽,但却只坐了三四成的观众。如果是和别人看电影,比如没毕业时和同学,比如毕业后和芸,观众越少素心里会越加暗喜。因为那可以随时换座位也不至于影响他人。有次素和芸看一部午场的国产电影,算上她俩才五六个人。灯一黑仿佛就她俩似的。素说没坐过专车专机,却总算看上了专场电影。

芸则说她俩像最高级别的审片官员了。影片结束时,素还在很酣地睡着,是芸把她推醒的。可和一个才见了第一面的男人一块儿看电影,不知为什么,素却希望座无虚席才好。她有种近乎惴惴不安的感觉。灯一黑,那种感觉更强了。倒不是怕他在黑暗之中对她非礼。素觉得他还不至于是那么轻薄的男人。何况毕竟是在电影院里。前后左右毕竟还有一些观众。倘素不悦,他是强暴不了她的。这一点虽然明摆着,但她心里那种惴惴不安就是驱之不去。像毛虫一样蠕着她的心。怕黑暗中她和他之间会发生什么不堪之事。

电影刚演了十几分钟,素有几分预感的事果然发生——他的一只手伸向了她,放在她膝上。那天素穿的是长裤,不是裙子。否则,她想,他也许会撩起她的裙子。素对他的手佯装不觉地接受了几分钟,终于还是感到不习惯起来。她用自己的手,将他那只手放回他膝上去了。过会儿,他的手又伸过来,握住了她的手。她尝试着抽了两次,都没能抽回。转而一想,他们的关系已然那样子确定了,自己又不打算毁约,何必在乎被人家捏着一只手呢?何况他是自己的贵人。是保障自己顺利考研读研的衣食父母一般的人啊!何况不是在大庭广众之下,手被他握握也没别人的眼睛注意着啊!自己也不能对人家太那个了呀!这么一想，就乖乖地任由他握着，不再抽回了。她既顺从，他则适可而止。只不过由一只手握着她的手，变两只手上下合捂着她的手。如同捂着一只蚂蚱之类会蹦的昆虫。却也就那样而已，再没什么得寸进尺的举动。当然也不仅仅是捂着。他的眼睛一边盯着银幕，一边把玩她那只手。一会儿将她的手指依次折屈，一会儿又将她的手指依次掰直。电影散场时，素那只手被弄出了一手心汗。素的表情并没因而不自然，却觉他倒有点儿不好意思似的……

他说："到我住的地方去吧！"

素说："不了。改日吧。"

希望他能照顾她的感觉。

不料他说："就去我那儿坐坐，我不久留你。"

话语带点儿请求的意味儿，也带点儿坚持的意味儿。素犹犹豫豫地还没来得及表态，他又说："你总得知道我住在哪儿吧？以后我不能反过来到你那儿找你吧？那对你多不合适？"

他一副设身处地替素着想的样子。

素感到他的坚持是理由完全正当的坚持，于是点点头，低声说："那好吧。"

于是他招手拦了一辆出租车。

他住的是一套两居室。那楼的外观已很老旧。地处三环四环之间，偏近于四环。装修过，墙漆还新着，大概也就装修不到两年光景。"尼尔采"住的却相当杂乱。被子根本不叠，就那么省事地一卷；旧报俗刊堆得扔得哪儿哪儿都是；窗台桌面的灰也久日未擦了。总之一切一切都符合着一个没有自理意识，或虽曾有过，后来不知为什么丧失了进而连自理的能力也一并退化了的单身男人之住所的显著特征。然而素还是细心地发现，在自己之前，有别的女性也光顾的痕迹。因为在抽出着一半的桌子抽屉内，有一个打开着的粉盒，里边一应化妆什物俱全。"尼尔采"倒十分敏感，见素朝那抽屉瞥了一眼，立刻省悟到那抽屉里有不该被素发现的东西，走过去，用背一抵，将抽屉抵上了。

他请素在沙发上坐下后，就那么抵桌而立，侧脸俯视着素跟素说话。说真不好意思，最近忙，没心思收拾，让素见笑了。说以后她接到他的传呼，那么他一定是在这儿期待着她。说既然两个人的关系已经确定，他一定会好好待她。而她来了，也应该像女主人那样才对……

素被他俯视得又不自在起来，反客为主地说你坐呀！

他摇摇头说，在芸家，在冷饮店，在电影院里，加起来坐下三四个小时了。回到自己家里，倒愿意站会儿了。

他既不坐,素便一心想赶快起身离开。

她又说:"差点儿忘了,我还没告诉你呼机号呢!"

他说:"对了对了,告诉我吧。要不我想你了,又得通过芸找你。"

于是转身拿起笔,在一页纸片上记下了素说的号码。

他说"想你"二字,说出很强调的意味儿。仿佛他们是特别亲密甚至亲爱的关系,即将长久分离。

素脸红了,以叮嘱的口吻说:"就记那么一张小纸片上,可别弄丢了。"

他说怎么会呢。你一走,我就背在心里。这个号码是一定要熟记于心的。

素说那没别的什么事儿,我告辞了。嘴上这么说,却不起身。问从他那儿回自己的住处,该怎么坐公交车?

他说别坐公交车啊,那转乘来转乘去的,回到她那儿要两个小时左右呢。说还是打的吧。一个月里才到这儿五次,总数也不过才花一百多元钱。

素说那我可舍不得,一百多元对我很重要。

他说,难道时间对你就不重要了吗?我知道对于一个准备考研的人,能节省几小时的话,花一百多元是值得的。

素却说，不，还是一百多元重要。

她心里暗暗有些生气。她想啊，我若接到你的传呼，我的时间从那一刻起还是我的吗？就算我打的到你这儿了，我还可能在你这儿看书记笔记吗？我用三个小时才赶到你这儿，那浪费的也是属于了你的时间！我才不会因为你用短信号传给我"想你"两个字，我就出门打的，风风火火地为你的需要支出一笔出租费呢！我此刻兜里连打的的钱都不够了你他妈的知道吗？

"我兜里的钱不够打的了……"素顺口竟将心里想的话说了出来。

"是吗？唉，你这种求学精神，也真是……"

他一脸的同情。同情之中包含着肃然起敬。

素打断他道："不是什么求学精神，是求生存的精神。房东前天又提醒我该交房租；借芸的钱，也答应了她尽快还她的……"他又替她长叹一声。"那一千八百元钱，我的意思是……芸跟你交代过没有？……"素终于不得不提。脸一直红到脖子。红得几乎要从皮肤下渗出血来。"啊，她交代过，交代过了。她说该分两次给你，月初九百，月底九百。可我想，何必那样呢！……"于是他从腰间摘下钥匙串，打开另一抽屉的锁，从中取出了一个崭新的信封。那是某杂志的信封……

素的眼看着信封，像一只馋猫的眼看着一条鲜鱼。

"给你，不是九百，是一千八百。"

"这……这……要不还是按芸向你交代的那样，先给我九百吧……"

素的一只手伸过去，欲接欲拒的样子。她反倒非常地过意不去了。

"按芸说的那样不好。一位自我放逐的先锋诗人，一名为了生存而求学的贫困女学子，咱们俩应该相互体恤。"

他弯腰抓起她一只手，将信封放在她手上。她的手感觉到了些微的分量。那是一千八百元钱的分量。她暗想，大约三百克重。她本能地轻轻攥了一下，同时判断出了那是一沓儿钱在一个崭新的信封里应该有的重量。那沓儿钱肯定也是崭新的，否则边缘不会有那样一种具弹性似的硬度。那时刻，直至那时刻，她才承认了他确是一位贵人，一位真正的贵人，她命中的。像一切出现在解危救难的别人命中的贵人一样，看上去仿佛其貌不扬，但对别人的命运的转机产生重大影响。某些情况之下，甚至可能直接就是仁慈的上帝所派遣的，化了装的神祇。甚至可能直接就是上帝本人。

她的脸又红起来，又发烧起来，由于激动。那种竭力想要抑制不使外溢的激动。她侧转头，仰望着他，目光不禁地开始流露出一种柔情。

他也正俯视着她。他的眼神也异样起来。分明的，是欲念所致。

他说："别点了吧，不会错的。"

她说："当然不点了。当然不会错。"声音很低，喃喃的，流露着对他的话所做的娇嗔般的反应。

他微笑了一下。

而她又说："我信你。难道你还会用一沓儿白纸骗我不成？"

结果他笑出了声。

她也不禁地笑了。感到自己的话说得太露骨。难为情。

"瞧我这里乱的！"

他不知为什么，忽然开始收拾起房间来。扫一下床，擦一下桌面的灰，像要转眼就将房间收拾得干干净净，顾此失彼。

"我得走了。"

她低声说着，缓缓地站起来。

"走？"

"你说过的，不久留我。"

他愣愣地望着她。

"今天不能算。今天……我毫无心理准备。我没经历过这事儿……下次你呼我……我……我就是你的……"她一说完，拔脚便走。

"等等。"

她已走到了门厅。

他几大步跨到门厅，瞪着她。仿佛她偷了他的什么宝贵东西。

"别这样看着我……我害怕……"

她的声音细小得如耳语。

他猛一下子搂抱住她，企图吻她。

而她不但深深地低下头，且将头左右扭动。

他将她挤到紧贴着墙了。他腾出一只手，横按她的额。那是有几分粗暴的做法。于是她的头也被按在墙上，动不得了。

"别这样。求求你……下次一定……"

她快急出了眼泪。其声哀哀。

他的唇已凑近着她的唇了。听了她的话，他忽而不忍了。

他只在她眉心轻吻了一下。

他替她拧开了门锁……

素走在路上时，又不免责备自己。他不就是要吻自己吗？为什么都不许他？自己那样对他公平吗？

素从小长到大第一次打的了。车费比自己估计的要高。二十二元。付钱时，不禁说了几句抱怨的话。抱怨北京的大，抱怨北京交通的堵塞。说如果在长春，最多十四五元。

司机说："那你不在长春待着，还来北京干什么？"

一句话抢白得她干眨眼睛。

晚上素破例没看哲学书。而看一本色情成分很大的外国畅销小说。她心绪特别好时才看闲书。她因已经有了一千八百元而情绪特别好。

没看多一会儿，素睡着了。衣服没脱，一觉睡到大天亮。醒来，才见昨夜没关灯。她从此觉得自己似一个无忧无虑的人了。以往她常失眠。她终于享受到一觉睡到大天亮的幸福了。

素在小摊上吃过一根油条喝过一碗豆浆后，所做的第一件事是——心情迫切地到邮局去给母亲寄了六百元钱。一回到家，她就伏在桌上给母亲写信。告诉母亲她找到了一份每月两千元的工作。如果她表现得好，不但准备考研这个阶段会在北京生活得不错；考上了硕士，读研的两年也肯定会生活得不错。告诉母亲北京是可以在职读研的。劝母亲千万不要担心她什么，而她最担心的是母亲的身体。劝母亲不要再强干那么多家钟点工了。干一两家就可以了。她说，在以后的一两年内，她几乎可以保证每月都给母亲寄六百元钱……

她废了几页信纸。因为泪水滴在信纸上。自感欣慰的泪。但那也不愿使敏感的母亲发现信纸上有泪痕啊！

素没再换租住处。她觉得自己还是不要学芸那么奢侈的好。毕竟，暂时无忧无虑了。她因而有好情绪将那一间平房收拾得更加整洁，一切摆放得更加有条不紊……

她收到了"尼尔采"的两次文字留言——"你好吗？关心你！"、"祝你快乐，何必非在生日"之类。她没回电话。认为大可不必。因为他们的君子协定中没那么一条……

一个星期后，她第一次收到了他的正式传呼——"想你！等待着！"

她去了。再也舍不得花钱打的。怕比二十二元还多。他是晚上七点多传呼她的。到他那里，已快八点半了。他的房间也整洁了。他说是雇钟点工打扫的。两个小时，十元钱。说他所付出的十元钱，最充分地体现了人民币在国内币值的坚挺。

素听了，心一疼，像被锐器划割一般。

接下来她向他奉献了自己。很义务地，无怨无悔地。之前几乎没有什么铺垫。因为他是那么地迫不及待。像要以自己的迫不及待，证实他真的有多么地想她。由于几乎没有什么铺垫，在她这方面，就毫无相应的冲动。毫无。只不过老老实实一声不吭地任其作为罢了。她之所以能够那样地听凭摆布，全靠充分的心理准备一再默默地要求自己。她没料到，并不强壮的他，要起来那么凶猛。竟能那么持久。素以为该结束了，他却又一遭亢奋蛮进……

素便又一阵疼，肉体。

素流血了，心也是。

素流泪了，不知不觉地。

她紧咬枕巾一角，忍着。

她想到了母亲。如同替他打扫过房间的，不是别的一个做钟点工的女人，而正是自己的母亲。而母亲清楚，在自己亲手打扫过的房间，自己的女儿将被怎样。所以才打扫得格外认真，格外仔细。是的，他没说错。他那十元钱花得很值，哪儿哪儿都一尘不染……

终于结束。他仍伏在她身上，用自己的指尖抹去她脸颊上的泪。

他说："我理解。"

素说:"你什么也不理解。"

素的眼泪又往下流。

他坚持说:"我理解。"

素问:"那又怎样?"

他反问:"你是不是觉得我其实一点儿都不合你意?"

素只有沉默。

素明白,自己再也不是从前的素了。生理上如此,心理上也如此。虽然,她已全盘接受了芸关于所谓贞操的观点,或曰哲学。细想想,可不就那么回事儿嘛。但她还是有种嗒然若失之感。好比一件什么东西,别人说很普通,自己也不再珍惜,也随着认为很普通,然而一旦被掠夺了去,仍如秀发遭剪。且是贴颊的那一缕。从根部。对于性事,素自然也是在心里暗暗向往过的。她在这方面没什么问题。不冷淡。像她的大多数女子同龄人一样,她的向往极富想象色彩。即一种想象之中,还是保留了足够的浪漫元素。哪怕谈不上什么浪漫,却毕竟是不失缠绵不失温柔的。那是素的一个梦。梦中之梦。耳鬓厮磨、儿女情长、卿卿我我、心心相印,是她对那梦中之梦所寄托的一份儿人生甜蜜。她认为那该是人人有份的。体现着上帝普遍赐给众生的仁爱。

"尼尔采"撕破了她的梦中之梦。

"尼尔采"改写了它的情节和情境。

他的改写没有细节。

他使它更像一件仓促开始草草收场之事。之间的过程却又特别地长、特别地单调。如亲自下厨的主人毛手毛脚忙忙乱乱而又非排场一番不可,所做的一桌菜,却没有一道是正味儿。

"尼尔采"不是素向往的梦中之梦的男主角。

这一点是使素感到完全不对头的一切原因的主因。

她内心里最清楚地明白着这一点。从见到他那一刻起,她就清楚地明白着。她想不正视,想回避,想欺骗自己那纯粹是某种意识性的原则,只要意识改变,原则也便不成其为一原则。想说服自己那并不重要。但是当它实实在在地发生了,她又最清楚地明白,那主因是重要的。正因为它是重要的,她的心所感到的疼,比她的肉体所感到的疼还要疼。

他的话告诉她,他不像她希望的那么傻。也许恰恰相反,他心里比她还清楚还明白。

于是素不仅怜悯自己,也怜悯着他了。觉得他的清楚明白,对他的贵人地位进行了一次无情的轰击。

她的手摸索到了他的一只手,轻轻握了一下,低声说:"别胡思乱想。"

除了她的手有那样的举动,她仰躺着的全身如石而陈。

他也是。

他低声说:"你没回答我的话。"

"你多心了。"

她答非所问。她只能答非所问。她觉得自己的不坦诚听来是那么的显然,但她决定一味虚伪下去。首先用虚伪保护他,保护他的自尊心,进而也间接地保护自己。坦诚将使他俩同时受到严重的伤害,她深谙此理。

她又说:"你何必多心呢? 那不好。很不好。"

她企图要求自己说:"我爱你。"

怎么也说不出口。

退而求其次,又要求自己说:"我喜欢你。"

张了张嘴,还是不能。

她终于克服困难地说出了一句心里话。而那句话是:"我感激你。"

觉得不够安慰他,又说:"你是我命中的贵人。"

觉得还是不够,再说:"没有你的出现,我现在的境况肯定很难。"

这句话是素的肺腑之言。听来也说得那么由衷了。

她随之将他的手放在自己唇上,吻着,吻着。吻得挺有感情。但绝不是柔情。

他说:"我刚才是不是像强……"

她立刻明白他要说自己像什么,急用他的手,连同自己的手,一齐压在他的嘴上。

素没如他所愿留宿下来。

她无论如何也要走。

她回到她的住处,十一点了。她庆幸自己赶上了末班车,省了二十元。

她倒头便睡,软如塘泥。

第二天上午,素再次被他传呼。"速回电话"一句后,是三个带惊叹号的"急"。

他在电话里开门见山地说,她走前忘了给她服避孕的药了。说怕她怀孕。说他替她买了整整一瓶。叫她别紧张,那药几天内服也有效的。是新产品。问是亲自给她送一趟呢,还是她去他那儿取?

素将话筒紧紧贴在耳上,左右四顾,怕他的话被别人听了去。她甚至不安地回了一下头,却吃惊地发现身后果有一个男子,手中摆弄着话卡,不耐烦地也等在那个路边话亭旁。

她简短地说:"我明白,你别操心了。"将电话一挂,低着头逃之夭夭,像一个偷了超市东西的人侥幸通过验货卡……

明白是明白的。那话一听，初中女生也明白。但素一时还是不知该怎么替自己操心。她不愿让他来给她送什么避孕药。于她一方面，这是自然的。她尤其不愿他出现在自己"家"里。尽管事情的性质和已婚女人在自己家偷情完全不同。可也不能在马路上一给一接那种东西呀！自己去买？自己又怎么好意思去买？

她没了主张，就给芸打电话。

芸在电话里说："他这家伙！"

她说："你别这家伙那家伙的了，你快告诉我怎么办吧！"

芸在电话那端咯咯笑。

"你还笑！"

"不过是怀孕不怀孕，又不是马上要生了，至于急成那样吗？"

一个小时以后，芸大驾光临她的住处。各种各样避孕的药，都给她带了些。

她过意不去起来，因芸又一次为自己破费。

芸说别客气，都留下吧都留下吧。

听来像男人说烟酒不分家，抽吧抽吧，喝吧喝吧。

芸还说反正也不是她自己的钱买的。是她的那一个贵人买的。

芸笑道，自从告别了处女身，不知为什么，弄成了一种古怪的收藏癖好，对各种各样避孕的药，总想收藏一点儿。对新产品，尤其情有独钟。如同从前年代的少年们喜欢收集形形色色的烟纸，或少女们喜欢收集形形色色的糖纸。

芸有一个观点令素听了又一番刮目相看。

芸说："现而今的时代，中年妇女买避孕药确实是让别人犯寻思的事，我们这种年龄的买，不但是正大光明之事，简直是天经地义之事！我们不买谁买？我们不用谁用？反过来的时代，不是太不正常了吗？让那样的时代见鬼去吧！"

素觉芸说的话很不正经。但不得不暗自承认，又很哲学。芸应该学哲学，将来必有望做哲学家，哲学教授。而自己当初若分在了历史系，肯定不至于落到目前这么一种不尴不尬的处境。因为芸的心太高。人生目标也就高不成低不就的。而自己特别现实，当哪一所北京中学的历史老师，便一辈子随遇而安，知足常乐了。尽管一名外地大学生想要当北京哪一所中学的历史老师，那也得托很硬的关系，有很近便的后门才行。

芸的话说完，素眯起眼瞧着她，满脸的肃然起敬。

但素说出的话却也与表情不相对应。

她说："你真不要脸。"

她一说完,自己先愣住了。一时不能明白,自己何以会说出那么使任何人都难以担载的话。而且根本不是开玩笑那种语调。

芸当然也愣住了。

芸那双本来就不小的眼睛一下子睁大了。芸呆呆地瞪着素,脸刷地红了。倏忽间,红晕速退,转为苍白。

芸的唇在哆嗦,双手在抖。

芸猛地站起,昂头向外便走。芸转身时,素看见芸眼里泪光闪闪。

芸,芸……

素叫着,几步抢在芸前边跨到了门口。她挡在门口,反手插上了门。这样,她就和芸面对面着了。

芸的眼泪,断了线的珠子似的。一滴接一滴,滚过双颊,落在衣襟上。

"芸,别生气,你千万别生气啊!我不是想那么说的,那也不代表我的心里话呀!我其实是想说你真不害羞来着。你知道我是感激你的。我是个好赖不知的人吗?你还不许别人顺嘴说错了一句话吗?还不接受别人的道歉吗?"

素一句接一句,很快地说着说着。总之重复地说着些悔之不及的话。

芸始终在瞪着她,始终流泪不止,始终不言语。

素说着说着,自己也泪流满面了。仿佛只要芸口中不吐出一句原谅的话,她就将一直反复地那么说下去;一直和芸比赛下去,看谁的眼泪最后流干似的。那情形,真有点儿杜鹃啼血的样子……

素不仅流泪,而且哭泣了。却仍说。

她双手已捂在脸上了,还说。怎么说也超不出那几句话的内容。她的背,紧贴门,随着以膝的弯曲,缓缓地、缓缓地下滑。在她就要哭着说着跪在地上的时候,芸伸出一只手抓住了她一条胳膊,结果她没跪下去,又站起来了……

"素……"

芸轻轻叫了她一声,张开双臂,一下子紧紧搂抱着她,也悲哭难抑……

两个可怜人儿就那么相互搂抱着在门口哭够了一通。接着你给我抹一把泪,我替你抹一把泪的。再接着,都不好意思地笑了。遂和好。

芸关心地问素,和"尼尔采"之间的感觉怎么样?

素诚实地回答,不怎么样。没什么好的感觉。但也不至于不好到不能继续那一种关系的程度。

芸说,要不,换一个?

素不禁又是一愕。

芸说素你别那样看着我。我不是坏女孩儿。我不是皮条客。更不至于堕落到靠干那种事儿拿回扣的地步。我不过为了眼前的生活,以后的人生,迫不得已先闯市场罢了。世有我们这样不靠贵人相助就衣食无保的女大学毕业生,就有渴望获得我们的安慰肯于大方回报的男人。双方的需求是一个很大的市场。那些男人备感缺失的也不只是性事。解决性事在中国已比较地容易。百八十元一次,在不少地方就可以解决。他们备感缺失的——芸停顿了一下,一只手伸向素的脸,轻托素的下巴;斯时素低垂着头,默听。一缕长发掩面。而素的一只手,在床上划字,划三角。芸托她下巴的手,托得很优雅,不似些个男人那样,用拇指和食指钳住对方下巴,钳疼着对方的颏骨硬往上托,粗蛮的举动。芸是用手心托素的下巴,轻轻地缓缓地往上托。如同举高一个球,不小心会掉了,掉了会失去什么比赛奖品似的。当素的脸被渐渐托平,她们的目光就对视着了。

芸问:"你是在听着我的话吗?"

素答:"是。"

"我认真说,别人不认真听,我就觉得自讨没趣了。"

"我也是的。"

"那你真是在认真听了?"

"嗯。"

素的脸保持正对不动,乖乖地任由芸的掌心托着。芸眯起了她的双眼,看素的样子,便有几分端详的意味儿。

素却大睁着双眼,眼珠都不转一下,也不眨。

芸自言自语地说:"素,其实你挺经得住仔细端详呢!标准的鹅蛋脸儿,杏核眼。眼皮儿单得那么薄,瞧谁,使谁觉得你是在睥睨谁。素你挺有一股特别的女人味儿的。"

素嘴角微微一动,似笑非笑,表示出一种由衷又感谢的谦卑。类似芸的话,素也听别人当面或背后说过。只不过从没有像芸说得那么具体。而"经得住仔细端详",是几乎一致的说法,也是素听到过的,别人对她的容貌的最高评价。是她身为女人不十分沮丧的理由之一。

"我刚才说到哪儿了?"

"你说,他们备感缺失的……没说完。"

"我自己都忘了,还得问你。对,是说到那儿了……他们备感缺失的其实有时也是咱们女人的柔情。往往更是柔情罢了。哪儿哪儿都获得不到,便以为自己要的仅仅是性,只不过是性。所以呢,你若不愿自己在性方面代价太高,那你就只能多给他们些柔情。好比母亲厌烦了已经长牙的孩子还整天磨在身边闹着吃奶,那么只能为孩子将饭菜做得合乎胃口一些。我这可不是存心教你坏。我是在传授经验啊!否则,我们苦读了四年,又找不到工作,家庭又供不起我们继续考研,我们可怎么办?"

素说:"是啊,我们。"

说完,长长地、长长地叹了口气。

芸告诉素,自己的经验也不是从天上掉下来的,不是头脑中固有的,更不是经别人传授的,是实践中来的。

"你是学哲学的。实践出真知的道理你应该比我懂。我靠了我的经验,少义务了许多次。不过他们也不大会不快。往往也应付得他们挺满足的……"

芸说到这儿,同样长长地、长长地叹了口气。

"他们?"

"我们也不能一棵树上吊死啊。有时我们一厢情愿地指望关系长久,兴许对方还索然了呢。回到开头的话,我再郑重地问你一句,换不换一个?"

"这没什么忸怩的。你若觉和他太委屈自己了,我出面替你了结。解铃还须系铃人嘛!"

"说话呀!"

"我……不换了吧!就他了……"

素又长长地、长长地叹了口气。

芸则又眯起了她的双眼,又端详起素来。

于是芸接着开始评说"尼尔采"的优点。说他这个人最大的优点那就是比较的专一,不搞多边关系。说他即使有那个野心,也没那个实力。

"哪个实力?"

素竟显得很敏感。

这次轮到芸被问得一愣。但那只是瞬间的事。

芸随即笑了:"瞧你往哪儿想去了?想黄了吧?我是指他的经济实力。他又不是帅哥,没法儿维持多边关系。"

芸还认为"尼尔采"比较的诚实。在以后的关系中,是绝不至于欺骗素的……

到今天,素和"尼尔采"的关系,已经快半年了。素已在他那儿留宿过不少个夜晚了。大约总有七八次了吧。有时是出于照顾他的愿望,有时是担心赶不上末班车,偏回去就得打的,而打的又舍不得花钱。素对于在他那儿留宿已习以为常。他那儿有暖气、有热水器。素的平房里两样都无。如果她回去晚了不生火,四月以前的那些日子,就像在冰窖里。她半夜多次冻醒过。在他那儿留宿的另一个好处,是可以痛痛快快地洗热水澡。有几次她留宿,目的只不过为洗澡。但是他却从未到她的住处来过。不是他无此念。事实上他提出过,照例带点儿请求的意味,都被她婉拒了。芸传授给她的经验,也就是以多些的柔情折成性的给予的经验。几番尝试,均告失败。失败的原因不在他那方面,而在她自己,她无论怎样努力,都不能从自己心里挤出哪怕少许柔情。她甚至暗暗怀疑过,自己作为女人是不是根本缺少柔情?她最大程度,只能要求自己在和他共处的时间里,尽量待以平常心。好比一个老太婆全面包容和自己过了大半辈子的老头。没有了脾气,也没有了亲昵。甚至连主动的话语也不多。有的只是义务。被岁月打磨得习以为常了的义务。而且,那么的善于将每要形成的对立情绪和心理,彻底地消除在萌芽状态。处之泰然,处之淡然。就是没有柔情。于是便干脆在和他做爱之时,还是简单地回报以性了事。但是她婉拒,打消他光临自己住处的念头的经验,却相当之丰富起来。

素曾对他说:"给我留一处单独享有的人生的港湾。成全我。让我拥有完全属于自己,而对别人是禁区的一个空间,好吗?我特别需要那样一个空间。如果你能理解我,我发自内心地感激你。"

她的话,也带有请求的意味。不是带有一点儿,而是非常明显。

结果他就不忍固执了。

结果他说:"那么,理解万岁。"

以后他再也不提想去她的住处。

素竟真的有些发自内心地感激"尼尔采"了。她因而在以后的一个月里,反倒主动多到他那儿去了三四次。并收拾屋子,为他洗这洗那,命他买东买西,以便为他做顿好饭菜。那时她确乎像一位能干的家庭主妇,像一位贤妻。对他的示爱,也能相应地反应给一些温存。比如一个微笑,一次贴脸,几句玩笑。于是他也发自内心地感激着了。且显得是受宠若惊的孩子似的。纵然那一种情况下,她也是难以从内心里挤出柔情的。但她又非是逢场作戏虚与周旋。素从不逢场作戏,更不善虚与周旋。不,绝不是那样的,实际上素那时真是愉快的。想象自己是一位母亲,他是她唯一的儿子。虽然他无优秀之点,但他对她的依恋使她感到自己重要。愉快纯粹由感到自己重要而生。却也仅仅就是单方面自生自灭的那一种愉快。以及适当的、有节制的,为了维护良好气氛和良好关系的明智和温存。与柔情实在的是没什么关系……

然而此刻他却使素大为意外地出现在她的住处了。他闯入了他不该光顾的禁区。

他违背了他的承诺。还着鞋在她的床上躺过,吸得满屋都是烟味儿,不得不开门开窗地换空气。

"你怎么会有我这儿的钥匙?"

素的话听来像审问。

"你上次到我那儿,我偷了你的钥匙,配了一把。"他说着,又四仰八叉地仰躺于床。

"你!……你怎么可以?!"

他一下子坐了起来,惴惴的,以为素因他那样子躺在床上而生气。

"你那是一种什么行为?!"

素的语调听来特别严厉。

他这才明白素的话另有所指,讷讷地说:"是啊是啊,很不好的行为。我心里知道不好。挺可耻是吧?"

素一言不发,默默瞪他。仿佛与他已无话可说。

"所以,我来向你坦白。"——他从兜里掏出他偷配的钥匙,用掌心平托着。他那只手的五指并得很紧。每一根手指都像手臂一样尽量地伸直。似乎想根本不可能地将手心拱起,以便使她更能看清那一把钥匙。他脸上的表情同时变得极为严肃。仿佛那不是一把普通的钥匙,而是一把储有千万元私人保险柜的钥匙,而他在交付给她保管。

在素看来,他的样子、他的手势,都是那么的做作。包括他的表情中的隐隐的忏悔,也分明是伪装的似的。

素厌恶地将头一扭。

是的,此时此刻,素对她的"贵人"倏起厌恶之感。在这一个夜晚,在这一个只有芸来过的小小空间里,他的不期而至,令素分外恼火。她多想一进门就躺倒在床纳头便睡啊!他却占据着她的床。她的单人床!

素斯时联想到了另一件事——有天她闲读一本抒情的诗选,读到了一首题为《落叶》的诗。心中一动,为他的诗居然收入那么一本精美的诗选而替他高兴。在他们的关系中,诗是起着维系作用的。却发现自己听他吟诵过的那一首诗,非是他写。是一位叫羊令野的台湾诗人写的。

素顿觉包裹着他们的关系的绸布剥落了,暴露出了那关系的唯一的形态——赤裸裸的钱钞关系的形态。丑陋而又极为现实的形态。

从那一天起,她再也无法自欺欺人。

然而她没当面戳穿过他。无论对他还是对自己,她都那么地不忍。

除了继续那一种关系,她别无选择。

倘不是他,关系还不是那么一种关系?她认命。

……

他伸直的手,默默地缩回去了。五指攥拢了。

"那，我就留作纪念了。"

他自言自语，遂又将钥匙揣入兜里。

素不理睬他。素吸了吸鼻子，觉屋里的烟味儿确实淡了，撩起窗帘将窗"啪"地一声关严了。

他说："你轻点儿，吓了我一跳。"

素已走到门口，正打算插门。听了他的话，素落在门闩上的手没再动。她暗想，他并没明明白白地说他要留宿下来。自己反而主动插了门，岂不是等于愿意他留下来了吗？虽然，以他们之间的特殊关系而论，他硬要留下来，也算是他的一种权利。

"你看到了，我这可是单人床。"

素背对他，面对门，尽量以平常语调说她的话却连自己也听得出来，自己的话其实说得仍冷冰冰的。意思再明显不过——你什么时候走？

胃还在隐隐约约地疼，头也有些疼。素暗暗埋怨自己，不该在图书馆里啃书本啃到这么晚。如果不是因为胃疼头也开始疼了，素是断不会以丝毫也不欢迎的态度对待他的。即使他不明明白白地表示要留宿下来，素也是会考虑到他的心理要求和生理要求的。毕竟，他不是一个和她有一般关系的男人。他每个月按月给她一千八百元钱啊！否则，她还能准备考的什么研啊！何况，时间已很晚了……

"其实,我是来向你告别的……"

他的声音很低,很低。

素的手,缓缓地,缓缓地从门闩上垂落了。她一时还没完全理解他的话。仅仅明白了一点,那就是他也许不至于硬要留宿下来,自己也就大可不必现在便违心地插门。

然而她仍背对他,并未马上向他转过身去。

"我儿子病了……"

"……"

"是白血病……"

素的心倏然一紧。对于白血病,她当然的并非一无所知。她之所以本能地感到恐慌,不是由于他的儿子,而是由于自己。

"孩子已经初三了,学习挺好的……可是突然……我买了明天的火车票……我这一去,今后也许再也不会来到北京混了……"

他的声音,使素觉得出乎意料地、不可思议地平静。他明天就要离开北京了,而且,很可能一去不返,那我以后依靠谁在北京考研读研呢?那可是两三年之久须得一门心思苦读的日子啊……素这才明白了自己,原来自己的心之所以本能地恐慌,起因竟是那么地自私。

素不由得向他转过了身,几乎将自己心中所想说了出来。自然,并没有,只不过张了张嘴。他显然也一直在望着她。见她转过了身,他的目光刚与她的目光接触,便立即有意识地移避开,望向别处。仿佛他的儿子得了白血病,是件太对不起她的事,因而是件特别难以启齿之事似的。

"在北京,无论哪一个阶层,都比生活在中国其他城市要不容易得多。北京的官场比中国一切其他的官场更复杂,北京的商场比中国一切其他城市的商场竞争更激烈,北京的大学比中国一切其他城市的大学收费都高,北京下岗了的只拿基本生活费的人,一点儿也不比中国其他城市少……真不知道人们为什么还鬼迷心窍了似的,以生活在北京为福为荣……"

素听来,他简直已经是在没话找话地东拉西扯。她哪里还有心思听他说那些!

她冷嘲热讽地问:"这就是你预先不打一声招呼就来到我这里,告别之际想跟我说的?那么不劳教,我的体会比你深刻。"

他的目光又望向着她了。然而,仍有那么点儿游移不定,不敢正视她似的。

"是啊是啊,我说了些什么呢?是不该说些没用的话……"

他靠床头坐直了上身,苦笑一下,干咳一声,将十指交叉在一起。于是素的目光从他脸上望向他双手,看出这男人的双手在相互用着一股力。显然,他陷入了大的尴尬,一时不知再说什么好了,真的无话可说了似的。

"如果你来,只不过是为了通告我,我们的……关系彻底结束了,那么你现在可以走了。因为你不必说,我已经完全猜到了你的意图。而且,请你放心,尽管北京是一座不相信眼泪的城市,但我可以不靠眼泪也在北京打理好我的人生。"

素此一番话说得特别快。说得特别酣畅。背过文字稿似的。只停顿了一次,在"关系"和"契约"两个词之间犹豫了一下。她最终放弃了"契约"一词而选择了"关系"一词,是觉得后一个词不仅对于他,而且对于自己的自尊心也有某种程度的损伤。

这次轮到他张了张嘴,想说什么,没说。

一阵对两个人都相当难堪的沉默。

素感到了难堪的沉默对自己的尊严也是一种无形的压迫。

她觉心头暗燃屈辱之火。

她高抬手腕,低头看了一眼手表,以那么一种夸张的大幅度的动作,暗示对方应该识趣地走了。她这样的时候，心内不无自责。她问自己，素，素，你是不是待他太冷太不近人情了呢？毕竟，你和他的关系，是你自己首先的一种人生决策啊。在你和这个叫"尼尔采"的男人的关系中，他并没亏待过你，更没欺负过你啊！而且，你得凭良心承认，他是一直想使你和他的关系朝亲爱的程度发展的呀！

"尼尔采"终于比不过素对难堪的沉默的耐受力了。

他吭吭哧哧地说："我儿子真的得了白血病，真的。我不骗你。我儿子的日子已经不多了……医生说最长拖两年……这两年我要……当一位好父亲，这孩子亲近大自然，我一定得陪他全国各个自然旅游景点住住……我……我……"

此时，直到此时，这男人的眼中才刷地一下子淌下了眼泪。

他的眼泪使素毫无准备，也使素更加自责了。

此时，直到此时，素才倏忽间感到，对方是多么的需要安慰和怜悯啊。正如她曾倏忽间感到恐慌。而一分钟之前，安慰和怜悯，尤其是她所渴望的。

素不忍看他泪流满面的脸。她低垂了头，小声说："对不起，我刚才有些不冷静。"

而他说："没什么对不起的。"比她的声音还小。

又是一阵沉默。他掏出烟盒,想吸烟,瞟了素一眼,见素目光定定地看着他,忍住了没往外弹出一支来。他用左手的拇指和中指像卡尺那样卡住着烟盒上下的斜对角,用右手的一根手指不停地在烟盒上画圈儿。

她又小声说:"你实在想吸,就吸吧。"

他说:"不了。"随即又说:"不惹你讨厌了。"仿佛,先说的话她不一定听得明白,于是要来一番自白式的注解似的。

素说:"你还是吸吧。"她说完,一只脚向他迈出了半步,但同时显得那么地犹豫,不情愿向他迈出另一只脚似的。而他在望着她,显然正期待着她接近。于是素因自己那会儿的犹豫又产生了自责。觉得自己的犹豫实在是冷漠得有点儿可怕。她轻轻走到他跟前,从他手中掠过烟盒,取出一支替他塞在嘴里,按着了打火机……

"吸呀!"

他这才吸了一口,烟着了。一缕青色的烟雾,熏得素想立刻退开去。

他的一只手抓住了她的一只手。

素欲抽出手。那是一闪念。实际上她没那么做。她的手臂微微后掣了一下而已。她以为他感觉不到的。

他却感觉到了，遂将她的手握得更紧。素便由他，且索性在床边坐下。素长长叹口气，之后说："何必非忍着不吸呢，再开窗放放烟就是了嘛。我不是讨厌你啊。我是讨厌烟味儿。为了自己的身体，你也还是少吸的好……"

素尽量地语调温柔。企图通过那一种对自己的刻意的要求，将自己留在他心里的冷漠一举消除干净。

他仍握着她那只手。另一只手从嘴角取下烟，斜扭腰，长舒臂，够着往床那一边的小碟里点了一下烟灰，以一种大人向孩子做交代的口吻说："你听明白，那房子我已经又预交了两年的租金，是为你。我和房主签的一份协议夹在《尼采传》里。还有，我以你的名字，存了一个一万元的存折，是活期的，为你取用方便，也夹在那本书里。我很愿意为你考研做得更多，但我力不从心。"

他的话里竟完全没有了自卑和自鄙。其口吻的变化，使素顿生困惑。那又是一种别人命中贵人的口吻了。一种习以为常了的，他自己似乎从没意识到过的口吻。仿佛没有他的关怀，她的命运不知会落到多么糟糕的地步。尽管这一点基本上是一个不争的事实，素的心还是像被电了一下似的，麻过一缕不快。

素的目光不由得望向书架。分明的，《尼采传》确被抽出过，没有很齐地插回。两年内住的问题解决了，而且不必再花一分钱；而且将住上和芸一样的两居室楼房；而且是装修过的；每天想洗多少次澡就可以洗多少次澡了；而且，拥有了一个一万元的存折！一万元啊！素清楚，即使那些已获得了北京户口，有一份稳定工作了的大学毕业生，普遍而言，最初的工资也不过每月一千五六百元。工资再高的只是极少数。以月薪一千五六百元来说，攒够一万元也非轻松实现之事啊！

素眼望着书架，心内随之涌起一阵大激动，混合着一半大感动。那一缕被电了一下似的不快，如洪水冲击逆向的溪流，将其化为泡沫了。

她嘴上却说："那怎么行？那怎么行？"

"尼尔采"反问："怎么不行？"

"我不能接受。我坚决不能接受。"

"为什么？"

"因为……因为……我可以接受你的好意……仅仅接受你的好意……"

"为什么？"

"我不接受施舍。"

"你为什么非要认为是施舍？"

"因为……因为我们的关系……还没到我可以心

安理得地接受的程度……"

素已经难以将话说得连贯了。

"还要到怎样的程度?"

"尼尔采"的口吻,更加是别人命中贵人的口吻了。能救并愿救别人于水火的人,大抵以那么一种近乎强迫的口吻力图彻底打消对方的一切顾虑。

"我……可是你的儿子……你比我更需要钱……你特殊情况之下,我怎么能……"

"儿子反正是那么回事了。再多的钱也救不了他的命了。而且我也为我和儿子留了一笔足够用的钱。我毕竟是中国的尼尔采,不是百年前德国的尼采。尼采要扮演丝毫也不随俗的角色。所以他后来穷困潦倒他活该。我是明智的,该清高便清高,该随俗即随俗……"

他又斜扭腰,长舒臂,将烟蒂摁灭在小碟里。之后一手掰着另一只手的手指,细数他漂在北京的几年内干了多少"俗事",一笔笔挣下了多少钱。他说为了挣钱,他甚至不惜为些个末流的"星"们写吹捧文章,而且敢于狮子大张口,索价极高……

他脸上泪痕未干。他那由于烟史太久而变形的嘴角,浮现一抹半得意半自嘲的笑。

素任他喋喋不休,一起身去毅然决然地插上了门。

她重新坐在床边后，凝视着他的脸，缓缓向他的脸伸出了一只手。当她的手指替他抹去脸上的泪痕，接着抚摸他的脸时，他才终于的不说了。眼神儿发呆地也凝视着她，身子像被浇铸了般一动不动。素觉得他不认识自己了似的。

她温柔地、声音很轻很轻地说："那别走了，住下吧……"

他发呆的眼神儿仍不灵活过来。

"我要给你……不……不是这个意思……我的意思其实是……我想……我要你……"

素喃喃着。连自己也不知道自己究竟说了些什么。而她的一只手，已开始解他的衣扣。

他还是如同被浇铸了一般……

当素醒来时，天已大亮，由于胃疼而醒。起身服过了药，重新躺在床上，但是一缕明晃晃的阳光，从窗帘没拉严的缝隙挤进屋，照在书架上。相当之集中地照在《尼采传》插齐回去的书脊上。

她这才回想起昨夜之事。他什么时候竟走了呢？她不禁转脸看他睡过的地方，同一只枕的另端，尚留有他的头压过的凹痕，还有从他头上掉下的几根头发，几根灰色的看去很不柔韧的头发。

小碟干净了。

他偷配的那一把钥匙放在小碟里。似乎是主人专用来放钥匙的。

昨夜素和他之间并无性事。她没那种欲望。事实是在素和他的关系中,她从没产生过那种欲望。她一向仅尽两人协议所要求于她一方面的义务而已。尽管昨夜她对他心怀大的感激和感动,但是没有和他发生性事的欲望可言。与以前多次相比,她不过主动了而已,不过情愿了而已。那仅仅是自我要求的促使罢了。他竟也很奇怪地没有欲望。他被动地任由主动了的她脱光衣服,既不配合,也不反对,如同她以前多次的表现。赤裸的素,依偎在侧卧在他身旁,一条手臂搂着他,期待着配合他做一次最情愿的奉献。而他的手臂,却规规矩矩地贴身而放,不拥抱她,不抚摸她,具有同枕不淫、坐怀不乱的高超定力似的。反倒十二分地不情愿似的。是素关的灯。关灯后不久,一阵困意袭来,她睡着了。而且睡得那么酣沉……

素还是困,头脑中闪回着昨夜之事的片刻,心灵里盛装着满满的感激和感动,朦朦胧胧地仰躺着又睡过去了……

她一直睡到十点多才再次醒来。起床后的第一件事,就是走到书架那儿,深怀着又庆幸又急迫又有些受之愧疚的心情抽出了《尼采传》。

那一本书里什么都没有。

她数遍地翻它、抖它，没有就是没有。

她呆住了。

书掉在地上。

接着她一本一本地从书架上抽下别的书，一本一本地仔细翻，连一些书的包皮也扯下了，没有就是没有。

再接着她将屋里一切可能藏这一份重要的协议和一个一万元存折的地方全认认真真地找了一遍，抽屉、枕下、褥下、墙缝、桌缝、床缝……仍一无所获。

她终于不得不承认一个事实，那就是昨夜自己被耍弄了。

她受伤害的程度是难以形容的。

她心头腾地燃起对"尼尔采"大的憎恨，还有对芸的友爱的大怀疑。

她愤怒之下推倒了书架。

那一天她没出门，没吃东西。

她病了。夜里胃疼得缩成一团。觉得是胃在疼，也可能是心口疼。

第二天她病了……

素在没人照料的情况下病了三天。第四天她往"尼尔采"住的地方打电话，没有人接，打手机，关机。

她没有别的想法,只不过想痛骂他一顿拉倒。

却被芸紧急传呼了四五次。她没给芸回电话。她怀疑芸在她和"尼尔采"的关系中,实际上扮演着什么很对不起她很可耻的角色。

素决定和芸断交。

她回到那平房所在的院子里,见芸伫立门外,一脸的惴惴不安。

她说:"你来干什么?"

芸反问:"你怎么不回我电话?"

她说:"我不愿再见到你了。"

说着开了锁,看也不看芸一眼便进了屋。芸无视她冰冷的态度,跟进了屋。芸一进屋,就紧紧搂抱住她,流着泪说:"你不回我电话,可吓死我了!你平安无事就好!就一万个好!就大吉大利!"

素使劲儿推开芸,怒视着芸说:"你那个'尼尔采'哪里去了?他是个王八蛋?!"

芸低了头回答:"他被公安局押送到一家精神病院去了……"

素愣住。

芸告诉他——"尼尔采"是在四天前天将明未明的时候,被巡逻的公安人员拘留的。当时他徘徊在一座立交桥上,看上去有从桥上往下跳的自杀倾向。他们审讯了他一通,听他的回答怪异荒谬,判断他可能有精神病,便将他押送到了精神病院。经院方进行精神测试,果然是精神分裂了。而且早已分裂了。只不过患的是潜伏期较长的那一种。在潜伏期难以被觉察。但已转化到了发作期。一旦发作,每有自残或伤害他人的暴力行为……

芸说公安局从"尼尔采"的手机上获得了她的电话,以为她是他的亲人,已传唤过她了。否则,她们还蒙在鼓里。"素,素,天地良心,我当初把他介绍给你,真的不知道他精神方面已经有问题了呀!如果我知道我能那样做吗?我又图的什么呢?我可是百分之百好意啊!我……连我自己也曾和他有过一段那样的关系啊,我……我对不起你,你恨我……我也没办法了……"

芸亦泣亦诉。终于泣不成声,一转身往外就跑……

素横伸双臂挡住了芸,随之紧紧搂抱住芸。

她们一阵有声一阵没声地哭了个痛快……

十几天后,素租住的房子到期了。她没再租住。芸将她接到自己那儿去住了。

芸鼓励她一定要好好备考,一定要争取考上。

芸发誓地保证:"素,你放心吧。今后,在北京只要有我住的地方,就有你住的地方;只要有我吃的,就有你吃的;只要我芸还剩下一百元,一百元是属于咱俩的!我妹妹已经嫁人了,嫁了个经商的,我爸妈的日子已经不必我再挂念着了。我要当你是我另一个亲妹妹。怎么说我也是每月有一份钱的人,你要给我赎过的机会啊!"

她们一块儿买了些吃的用的衬衣衬裤去精神病院看过"尼尔采"一次。

院方说,除了她们,再没人看过他。说他儿子真的患了白血病。说他肯定是由于收到那封告知的家信,受到严重刺激,精神才一下子彻底分裂了……

她们没有见到他本人。

院方说,他属于一名接受福利治疗的病人。一入院病情骤重了。为了有效地治疗,她们还是别见他为好。

往回走的路上,芸说,"尼尔采"其实真的是一个本性挺善良的人。诗也曾真的写得挺有才情。如果一个中国人靠写诗能维生,他是不会变成疯子的。

素默默点头,表示同意芸的话。

"你还恨他吗?"

素又默默摇了摇头。

有天下午素和芸照例到图书馆去,远远地就见那儿围了一大群人。走近后听围观者们议论——是历史系的一位博士,从图书馆三层的一个窗口跳下来,摔死了。一所北京的大学曾表示愿聘他任教,不知为什么,又不聘了。本校也曾考虑留他,但一直拖而未决。他想不开,留下封信就轻生了……

芸转身就跑。

素跟着跑回芸住的地方——那一天素知道了芸人生的一大隐私——芸和那位历史系的博士彼此深爱。她既隐瞒着他,也期待着他工作以后,有钱将她的肉体从她不情愿的契约中赎出来……

芸因而也病了一大场。多亏有素照料。

芸刚从巨大的悲伤中缓过,素刮了一次宫。

她说不清楚究竟是哪一次忘了服药导致的了。

是芸陪她去的医院。

两天后竟是冬季考研的日子。

芸坐在床边,素躺在床上仍看书,面无血色。

芸夺下了书,忧郁地问:"素,两天后,能行吗?"

素低声而坚定地回答:"行。"

两天后芸陪素到了考场外。

那一天北京特别冷。寒风凛凛。

目光镇静地望着那些男男女女的竞争者,素在心里对自己说:芸,一切谢了!

没人注意她的脸色是多么苍白。也没人注意她的样子是多么虚弱。更没人会想到,她两天前经历了一次怎样的肉体和心灵的苦楚……

她不由得回望芸,并且,缓缓举起了手,向芸伸出着食指和中指。

芸也向她做出了那样的手势。同时,向她微笑。

那是激励的微笑,也是怜悯的,好像会因寒冷被冻僵在嘴角。

素毅然地一转身,步入了考场……